筆文霑

黃霑 著

出版說明

近年香港流行文化有復興之勢，要論香港流行文化的重要人物，黃霑（一九四一——二〇〇四）定是頭幾位想到的，霑叔一代文化人的經驗，值得總結重溫。

霑叔喜歡扮鬼扮馬，擅說色情笑話和粗言穢語，從不忌諱他的不文和不羈狂士形象。事實上，霑叔是一個多重身分的跨媒體創作人，他的學識是多方面的。他譜寫的《滄海一聲笑》曲詞，不單琅琅上口，當中的豪氣更是令人印象深刻；他創作的《獅子山下》，歌詞勵志，膾炙人口；他寫下「人頭馬一開，好事自然來！」的廣告語，不僅成功幫助品牌打進香港市場，更成為一時的流行語；他滿口黃段子，那本略帶桃色的《不文集》，曾創下了香港暢銷書的最高重印紀錄。

明窗出版社編輯部重新輯錄霑叔昔日在《明報》發表的隨筆雜文，揀選霑叔記敘自己身為創作人的心路歷程，並將本書命名為《筆．文．霑》，期望以曲、詞、廣告及筆文四個面向，親炙其創作軌迹，展現其「筆文」一面。

這位前輩詞人、作曲家、廣告人、作家的作品，影響遍及廣大華人世界，值得我們流傳下去，啟發後代。

目錄

文筆

寫流行曲，
非俗不可。

曲

音與色

聲音，樂音，本來只是物體發生震盪，震盪激出聲波，進入耳鼓，令腦中神經感應。理論上，應該和顏色扯不上關係。

可是不分中外，古今都有人把音和顏色聯繫起來。

大概是音進耳鼓，腦子受到了刺激，就發生了聯想。

有些音樂家，更認為不同的調，有不同顏色。例如蘇俄音樂家 Scriabin，就說 C 大調是紅色，A 大調是綠等等。雖然，這些聯想，因何而起，至今無人說得出所以然來，可是，聲音引起顏色上的聯想，卻委實是相當普遍的現象。

黑人音樂家，把他們的訴情怨曲，稱為 Blues，想起來，這些哀而不傷的曲調，也確實有點兒藍藍的味道。

其實，聽音樂的享受之一，是觸發聯想。引起回憶，勾起夢幻，帶來歡樂、哀愁，無一不因聯想。

幾乎可以說，聽音樂而不生聯想，音樂的樂趣，就要大打折扣。

孤獨的小號在吹，吹的是短調。簡單的節奏，敲出一強一弱，眼前就出現大漠落日的一片金紅。

江南絲竹悠悠奏起，腦海就是一片幽幽的綠。

Hard rock 鼓聲敲響，你怎麼可以不想起的士高裏繽紛的彩燈？

所以，本來只是物理的自然律動，但入了耳朵，沁進腦中，就化成生活中種種感受，不但有聲，而且有色。

不過特別敏感

什麼是天才？

不外是特別敏感的人罷了。

看看聽聽想想天才作品，就會知道。

對人生特別敏感，又對文字感覺敏銳，自然而然的，就會成為作家。

沒有貝多芬對美妙聲音的特別敏銳感覺，你不會成為樂聖。這位一頭亂披風怒髮的天才，聾了之後，心中對音樂的敏感，絕未消失。耳中雖然聽不到，但腦裏的交響樂音依然存在。

亨利摩亞也大概是生下來，就對形狀、線條、佈局敏感。

天賦少的人，想和天才競賽，有沒有可能？

也許有吧。用後天功力，將勤補拙，把敏練好，把鈍磨成，或許到最後，我們也可以寫出「君不見黃河之水天上來」的句子。

也許，終其生也不會。因為天才起步得早，我們從後苦苦狂追，也望塵莫及。

不過，即使不能企及，也會比我們當初的起步點，遠了一些。

那也會不枉此生了。

天才因為特別敏感，所以對事物感受比我們深，因此也往往比我們苦。

天賦少而又想不枉此生的，其苦亦然。

所以還是我們這些懶人好，一來無甚天分，二來也不太努力，樂於安心欣賞天才作品，讓天才與努力的他們，娛吾眸子，樂我耳朵，啟我心竅，震我心弦！而同時還作出輕視狀，說：「什麼是天才？不過是特別敏感的人罷了！」

聽音樂

自己是視音樂如命的人，遇到有些不聽音樂的，往往大惑不解。我完全不明白，為什麼世上會有不聽音樂的人。那麼舒服，那麼暢快的事，居然不做？

音樂，是令人渾身輕鬆的事。音樂是人類創造出來的美聲，大自然所無。這類震盪諧協的聲音，雖然未必可以陶治性情，但卻實在入耳舒服，可以令人閒適，令人放鬆。

多少年的訓練，多少天分，才可以把小提琴拉得如此滑溜溜。幾萬小時的練習，才會把喇叭的音色控制得如斯圓潤。都是天分加苦功努力才達到的境界，我們安坐家中，指頭一按鈕掣，那美妙的聲音就飄出來了。那麼容易得到的享受，居然有現代人不肯欣賞。

只好嘆人各有志，勉強不得了。

也許這樣，世界才會多姿多采，我之蜜糖，是你的毒藥。

不過實在希望不聽音樂的人，也聽聽音樂。一方面是因為如果人人不聽音樂，我們這群人，就會餓死！二來，卻也實在因為音樂是人類的偉大發明，太美妙了。身為人類，竟然對音樂不屑一顧，可惜之極。

尤其是平日想放鬆一下身心的人，更不可不聽，放張ＣＤ，至少身心寧靜數十分鐘，好處之多，不可不試。

意義

純音樂本身並無意義，一個音跟着一個音奏出來，本來只應有動聽悅耳的效果而已，不會有什麼特別的意思。

但我們有時聽一段純音樂，卻會有所感觸，覺得樂音的編排，有其特殊的情感。

為什麼會如此？

這是因為我們一向習慣了以往樂音進行的常見規律，一旦這規律不同平常，新意就出來了。而樂音的長短，節奏的快慢，也會令我們感受不同，雖然這感受相當抽象，但卻不乏共通的地方，慢的歌，比較幽怨，宜於抒情，快的歌，就會有歡暢激昂的感覺。

另外，樂手的演繹也是令歌曲有生命的原因，高明的樂手，會通過樂器的音色控制，抒發出自己的感情，演奏者心中感覺，往往就此通過樂音到達我們心中，音樂因此由沒有意義變成有意思，令我們心隨之動。

曲高和寡？

我不信有曲高和寡這回事。

所謂和寡，可能只是表達能力弱的藉口和掩飾之詞而已。

巴哈、貝多芬、蕭邦、莫札特諸人的曲，不可謂不高。和寡？才不會有！諸高人作品萬人傳誦，億眾激賞。歷時多久，依然流行，哪曾寡了？

藝術的路，不好走。

走得累，也許需要自慰與自勉，才可以繼續走。因此創出這句「曲高和寡」的自我安慰話，自拍馬屁一番，好讓自己再賈其餘勇上路去。

而自拍馬屁拍得多，到後來，就連自己也相信了，再記不得這原是自慰的謊言，作不得準。

不妨坦白，我自己也有一次，險墮進這自我安慰、自我催眠的創作陷阱之中。

那陣子，常叫懂篆刻的友人，為我刻一句話：「不信人間盡耳聾」。其實，人間哪曾耳聾？而是大家厭聽了你的那支死人笛，改聽其他。

和寡，通常只因曲不好，曲低。

想從事藝術行業，不可以不認清這事實。

一旦作品和寡的時候，快快檢討檢查檢視，是不是傑作有些地方出了岔，出了錯。

不要閉門自慰，說什麼「曲高和寡」這樣按摩自我，捧拍自尊的話了。

人間耳聾？開玩笑！

老兄眼盲是真。

聽聽，世界和聲，此起彼伏呢？只是不和自己的傑作而已。

說無師自通

嚴格來說，我是不太懂音樂的，樂理只屬無師自通，除口琴和鼓之外，無半件樂器可登大雅之堂，絕對沒有公開演奏的水準。

可是我寫的旋律，至少有此地的一般水平。而且我寫歌，效率可能比音樂院的高材生還要快，產量也多。

但我實在天分奇差，兼且耳朵絕不算好。能有今天的成績，全因努力。努力學名家作品，拚了命去聽去學去想。

貝多芬、柴可夫斯基、莫札特、蕭邦、巴哈，以至Copland Williams、武滿徹等現代名家，都不肯遺漏。

現代流行曲，我幾乎算得上是半本旋律字典，而且中外兼包。Berlin Tiomkin Vangelis、兩位Jarre、喜多郎、姚敏、李厚襄、梁樂音、梁日昭、周藍萍、王福齡、羅大佑等等的歌，好的都在肚內。
當然還有顧嘉煇、黎小田與許冠傑！
每首我愛聽的歌，我都努力分析。
音為什麼如此連起來？旋律這樣跳動，為什麼會有這樣的效果？順着音階上下行的曲調，怎麼會這樣親切悅耳？
就是這樣，我寫起旋律來。
今天公開自學經過，不是有心炫耀，只是真話直說，向有志於創作的人，提出忠告：創作不必真的從師。
無師自通，絕對可以！
只要努力，事無有不成！

音樂入門

青年讀友問，對音樂有興趣，如何入門？

方法多極，而且都容易。

首先，是增加接觸。

學樂器，聽唱片，聽電台，看樂書，都是接觸的方法。

彈鋼琴，彈電子琴，彈結他，吹口琴，吹笛吹簫，拉二胡，怎麼都可以。

從名師是最佳，但世上劣師多，名師少。何況有名師，未必便肯授徒，極多有成就的名師，一無時間，二少耐性，所以等閒不肯收徒。

退一步從劣師，也無不可，青出於藍的故事，比比皆是。巴赫、貝多芬、瞎子阿炳這些大師，師父是誰？不見得都是名師吧？

再退一步，是自學。

一向認為，全世界無事不可自學成功。

不成功，只因下的功夫不夠。而不夠苦功，成功了也只靠僥倖，長遠看，成功一定不保。

從師或自學都是增加接觸，而接觸一多，興趣就來。

有了興趣，就是過了首關，入了門。

太多人停在門口，不敢登堂入室。

你想學得真好，不可不登堂入室，直闖目標心臟深處。

這時，要交樂友。

切磋是很重要的，可以補獨個兒苦思的不足。

當然，還要看樂書。

什麼樂書好？

有一本極極極好，那是豐子愷的《音樂入門》，全部書店有售。

需要新血

寫歌絕對不難。寫篇散文，至少要從三四千個中國字裏面去挑出適用的來據為己有。寫歌嗎？用來用去，十二個音而已。

從前，寫歌的人，用的和聲，很注重進行順暢。但現在，人類的耳朵習慣，已有改變，很多新異的和聲進行，都可以接受。束縛於是更少了，寫歌更容易。

何況流行曲一般常用的十六句四段體，和中國作文章的常用「起承轉結」方法，不謀而合，將十六句四段，在十二個音左右來回往復，一首不錯的歌就此寫成，幾乎毫不費力。

所以，我常常勸有興趣的友人試試寫歌，即使他們的樂理不大靈光，也請他們不要怕。

寫歌，現在已經算收入不錯的，已經可以養妻活兒，因此更應該試試。而我們香港樂壇，也實在需要新血。

創作

讀友何自榮先生來函，要我舉例以明創作如何將不同元素的組合形成新貌，恭敬不如從命。

從前外國沒有自來水筆，只有削尖了一端的羽毛和墨水。發明家在筆筒內放了個小泵，加了條簡單的掀桿與操作長塊，做成了墨水筆。這便是把不同的創作元素，組合在一起，令其關係改變，形成了新貌，創造了新的用途。寫東西，也是把字與字的關係，重新編排來表達出新的意思，新的情感。

創作樂曲旋律，用的全是那幾個音，只是音與音的關係重新編排而已。排得與別不同，而聽起來又悅耳，就是好的音樂創作。拙作《舊夢不須記》首句，是把中國民謠《水仙花》第一句縮短了最後的兩個音，再把高音 DO，改低半度成 TI，於是就做成了一句相當動聽的起句，在「晚風」之前，成為拙作中最流行的中國味道流行歌。

國樂節奏

在此地作「香港中樂團」客座指揮的以色列指揮家朗尼歷基斯批評中國音樂，說國樂旋律優美，但缺乏明顯節奏感，這是的評。

不過中國音樂，節奏呆滯，只是中國的音樂家不發掘中國民間節奏的緣故。我們民間，其實有很多非常巧妙繁複的節奏，留存在各種各式的民間舞樂裏。別省不知，單是廣東，就有兩種節奏，極堪玩味。

一是舞師的鼓，一是粵曲的板。

南獅的鼓，節奏強而切分多，實在百聽不厭。粵曲的板，本來簡單，但掌板一加上個人演奏技巧，就成十分繁複的節奏，令人頭搖身盪，過癮得很。

纏綿往復

我常常認為，音樂的妙處，很多時候，文字無法形容。

不過，有時卻有例外。

像古人形容樂句「纏綿往復」，就是一例。

什麼音樂是「纏綿」的？

那些在幾個接近的音符上蕩來蕩去的樂句就是。因為音符一接近，在聽覺上，就會予人以親切親近的感覺。所以樂句用的音符，如果只在幾個鄰近音符上來來去去，「纏綿往復」的味道就會從聲音裏沁出來。

另一個例子就是用「如泣如訴」來形容管弦之聲。吹奏得好的管樂和弦樂，真像人在低訴，在飲泣，令人茫然陽斷，黯然神往。

練心

歌，是靠心來唱，不是靠喉嚨。喉嚨當然要練，天賦再好，也要加後天鍛煉才能運用自如，作出進一步的發揮。

但練嗓練喉練肺練橫隔膜等等，倒還不如練心重要。

唱歌，要唱得好，最重要是練心。歌曲，根本就是心靈與心靈，通過唱功來溝通。

因此每句歌詞，每字歌詞的感覺，如果都還未充分掌握，永不可以恰如其分的引發聽者共鳴。這樣的歌，唱了出來，字圓腔正，音色美極，也只能入耳，不能入心。

好聽是好聽了，奈何不動人。

唱歌，不能只要求聽得入耳。有藝無情的作品，再好也是二流。

感人肺腑，動人心魄的，才是真唱得好。

其實，一切藝術，莫不如是。入目入耳而不入心，只重技巧，不夠感情的，絕不是一流好。

無論是唱歌，是演戲，是繪畫，是建築，都不外是通過不同媒體，與人心溝通接觸。所以感情最重要。

情發乎心，因此練技之餘，必須連心一起也訓練。

有時，心練得好，即使技巧略有出岔，也不要緊。歌唱得人人感動，走了音也能原諒。世界知名大師，演奏會上演繹前賢傑作，奏錯音的事常有。但只要感情好，能令樂迷如醉如癡，錯音的事就不必理會。

所以練技之餘，有志於藝的人，切記練心。

快歌慢奏

簡而清說到澳洲民歌《跳華爾滋的瑪陶達》，提及了用這首歌作主題曲的反核電影《和平萬歲》。讀着清兄文字，那電影彷彿重現眼前。

這首民歌，歌詞內容本來悲苦，可是卻哀而不傷，旋律竟然跳躍得有點喜氣洋洋，我一向深深喜愛。一般人演奏此曲，節奏爽快。《和平萬歲》裏面，初用此曲，是酒吧中場面，眾人在等候核子塵飄到墨爾本，只得狂歌當哭。起初節奏爽朗，突然有人將旋律轉慢，於是此曲變成了哀歌，歌詞的淒怨，至此表露無遺。

從此領悟了音樂的節奏竅門。原來快歌慢奏，情感完全不同，淒怨只因聲聲慢。

必須小心

寫流行曲，非俗不可。追求雅的人，不必寫流行曲。不過俗有通俗與庸俗的分別，求俗的不可不察，一旦求俗求得過分，求來庸俗，群眾就會覺得你「俗不可耐」，歌就不會流行。

有人論香港流行曲，要求雅俗共賞。理想甚高，可惜難切實際，流行的東西，以群眾為對象，所以不必雅。因為群眾雅的極少。

而雅與俗，標準亦甚難定。文人嫖妓，幹的還是那事兒，但一見於筆下，就要說那是風流風雅，文過飾非而已，《詩經》中國風，全是俗東西，可是時間一過，就雅得進了廟堂受人供奉呢。

流行曲做廣告歌

選用流行曲作廣告電影的旋律，我一向不大主張。雖然在下不時因此有突如其來的外快，卻也絕不擁護廣告行家這樣做。

流行曲之為物，是流行了一陣就馬上變舊的東西。廣告行家選中了某首流行曲，想借用來為廣告歌，到談好版權，錄好音，大概那首歌，就開始不再流行了。用首舊歌，即使改寫新詞，感覺無論如何也不會新到哪裏。

而且，歌曲流行，歌詞很可能早已深入人心，你改寫了新詞，一時間要將聽眾的印象抹去，絕不容易。事倍而功半，何必？

所以，我寧願請作曲家們度身訂造，寫新的旋律，這樣，成功率高些。

當然，用流行曲作廣告音樂，也有成功的例子，像從前「芝柏表」用

My Heart Is A Violon，「萬寶路」用Elmer Bernstein的《七俠蕩寇誌》主題音樂，都大受好評。但這些究竟是少數，只能視為例外，一般情形，還是不用舊曲更佳。

最流行的是什麼歌？

最流行的歌，是什麼歌？
是國語時代曲？
是歐美流行曲？
是藝術歌曲？中國的？外國的？
讀友不妨猜猜。
猜到沒有？
對！有歌曲歷史以來，最流行的歌，是民歌！
《跑馬溜溜的山上》、《紅綵妹妹》、《康定情歌》、《沙里洪巴哀》，哪個中國人不會哼幾句？
會唱黃自、趙元任、劉雪庵等等中國藝術歌作品的人，絕對不會比唱上述民歌的人多。

一百年後，還有人聽《玫瑰三願》、《教我如何不想他》和《紅豆詞》？

有，肯定有，但絕不會太多。

可是我相信，百年後的中國同胞，一定還會唱幾句「沙里洪巴啊哀啊哀」的！

Auld Lang Syne的旋律，肯定比貝多芬《第九交響曲》的主題更流行。而這首中國譯作《友誼萬歲》的歌，本來是蘇格蘭民歌而已，連作者是誰都無人知道。

為什麼民謠會流行如斯？其深入人心，不但勝過時代曲，而且連音樂的曠世奇才大師作品，也要大大勝之？

因為民歌簡單而動聽，不但入耳，而且直入人心，有如天籟。

因為民歌源於真生活，是群眾心聲。所以流行程度，居眾曲之冠，歷久而不衰！

平凡中不平凡

常說寫流行曲，又要平凡，又要不平凡。

驟看起來，這道理玄之又玄。其實一經說破，簡單不過。

大眾聽歌，都有習慣。旋律的起承轉合，人人都習慣了幾個模式。例如：佳句必在主音之屬。

這種習慣，粵劇中人有個很生動的名詞，曰：「耳軌」。耳有一定慣常軌道，合則喜，不合則不喜。

所以寫旋律，首要合耳軌。

由巴哈到貝多芬到我們中國人近年最流行旋律《梁祝》協奏曲主題，無不極合大眾耳軌。

流行曲旋律，也道理相同。

合耳軌，就是平凡。

但太合耳軌，變成千篇一律，過度平凡，也不成。

因此平凡之中，要求不平凡，才能令人驚喜。

因此合常規，合正格之外，又要能打破常規，飛越規格，進入前人未至之境。

請你細玩味一下，一切流行歷史不衰的旋律，都與這「平凡中帶不平凡」道理暗合。

巴哈、貝多芬固然如是。

披頭四、曼仙尼、崑西鍾士，以及我們香港諸行家同業，最佳作品，必然既合正格，又與正格有異。

既合耳軌，又有令人驚喜的地方。

平凡中有不平凡，熟而不熟。

非如此，不會流行。

時代曲與藝術歌

學音樂多年，可能因為基礎不佳，天分也少，因此至今不知時代曲與藝術歌分野何在。

當然，定義看過不少。可是一把諸家百說求證於作品之後，就發覺無一真正站得住腳。

曲式不同？倒不盡然。

說意境有大差別，也不見得。

貝多芬《給愛麗絲》，當然是藝術歌曲！但我相信，他這首小品旋律，必是他那時代的流行作品。

姚敏作旋律，陳歌辛寫詞的《恨不相逢未嫁時》是老牌時代曲，可是和所謂「藝術歌曲」，又有什麼分別？

說藝術歌曲高，時代曲低，前者好，後者壞，更加無道理。因為統稱「藝術歌」的，好作品不多見。幾十年來，還是那幾首。反而時代曲，好旋律多的是。

或曰：旋律不是全部！

看和聲和編曲方式，我倒認為時代曲不但絕不會差於所謂「藝術歌曲」，有時還會過之。配器方法，分別很大是事實。但以配器方式來硬把歌曲分野，這種方法甚難服眾。

至於說流行與影響，那就不是今天可以下結論的了。黃自《玫瑰三願》百年後一定有人唱，但焉知黃霑作品，百年之後便一定灰飛煙滅？即使黃霑不才，中國大有時代曲人才在，一首《高山青》，唱兩百年，未必不會，而你問張徹，他那首歌是不是「藝術歌」，他必然否認。

所以，真希望大雅君子有以教我。

可笑

與友論曲。友人是嚴肅音樂的愛好者，對流行曲頗有意見。我是個不分畛域的樂迷，國樂洋樂，古典現代，無一不聽，也不是因為自己常寫流行曲就對其他歌曲有所排斥。所以自覺態度開明進步，很不以學院批評家輕視流行曲為然。更不明白友人為何推崇所謂「藝術歌曲」。

所謂「藝術歌曲」，尤其是中國作品，曲式簡單，旋律平平，和聲全用十九世紀傳統手法，數十年來，有水平的歌，不外數十首，實在不知什麼地方「藝術」過了。

反而流行曲，作品多，水平也不差。不但在和聲與編曲方面常有突破，不甘自動拘困在十九世紀的傳統方法裏。而且樂器的應用，往往得風氣之先，電子組合琴 synthesizer 這類利用電腦科技的嶄新樂器，固然經常入樂，二胡琵琶等等古老中國樂器，也常常兼收並蓄，做出極可喜的聲音效果。

流行曲與藝術歌曲相比，真不知學院派人士輕視前者，究竟有什麼站得住腳的理論根據。

我從不輕視藝術歌曲，自己常常家中彈唱。可是這些歌曲，好作品實在太少。中國有多少家音樂學院？出過這麼多的畢業生，這麼多年來，為什麼作品少成這樣？

一方面自己不爭氣，一方面輕視別人，這種態度，可笑！可笑！

某處吾愛！

八八年九月中，電視上有個美國節目 People's Choice 頒獎典禮。其中有個獎項，是歷年流行曲，最受人歡迎獎。

得獎的歌，是 Maurice Jarre 莫希士沙的《某處吾愛！》。即是《齊瓦哥醫生》電影主題曲 Somewhere My Love。

這首旋律，的確絕佳。所以流行多年，至今仍然一聽就叫好不絕。

歌是一貫的 AABA 四段體。和一般流行曲絕無不同，不過另有四句引子（這引子的旋律，也是出奇的優美），所以可說是流行曲正格，非常能代表我們天天聽得到的流行歌。

提這首歌出來，是想叫一向歧視流行音樂的人，不妨有空聽一聽這首歌。因為我相信只要任何人，在客觀地聽完這曲之後，就會同意，流行曲作品水平，有時絕不比嚴格音樂差。

其實，學院派人士，如果拋開成見，多聽一下流行曲的好作品，說不定對自己的樂養有助。至少在寫旋律方面，會受到啟發。

好音樂，當然不止於旋律而已。和聲、對位、曲式、配器種種技法，都要配合，才可以成為好作品。但如果學院派的先生小姐，肯虛心一點，仔細分析一下流行曲的傑作，我敢保證他們會發現，流行曲精品，實在未必會讓嚴格音樂比了下去。

像這首流行了廿多年仍然不衰的《某處吾愛！》，就比一些欠光采的嚴格音樂好多了。

張國榮的《客途秋恨》

張國榮在演唱會唱南音《客途秋恨》，令我驚喜。

《客途秋恨》這首歌，有近百年的歷史了吧？由現下最當紅的歌手唱，是什麼樣子的？

入耳極之舒服，是第一個感覺。仍然是悠悠訴怨，哀而不傷的味道。

可是運腔咬字，現代得很，與傳統粵曲唱法，完全不同。

一曲既終，全場掌聲雷動。顯然，在場的一萬多觀眾，全部接受了這種新派的粵曲唱法。

那天我看的一場，已是第二十二場了。

「今天之前的反應如何？」我問音樂會的幕後主腦。

「反應很好！晚晚如是！」

答案證實了我一貫的看法。

粵曲唱法，在下一向認為，要有改進，都進入了多聲道混音的音響大時代了，自然不可以再用從前沒有擴音系統的戲棚唱法。

張國榮發聲自然，咬字自然。

完全沒有刻意的去「咬」，可是每字清清楚楚。

而這種唱法，其實在粵曲傳統來看，極度創新。

《客途秋恨》歌極長，全曲本來有四十多分鐘，這次張國榮唱的是刪節本，一曲歌來，不過是三分鐘左右，剛好是一般時下流行歌的平均長度。

於是現代人個個聽得進去，人人叫好。

粵曲人士，應該從中，獲得不少啟發。

廣東音樂

常聽廣東音樂，很想從中找出些廣東音樂的特性來。

聽了個多月不停，略有所悟。

廣東音樂，從不墨守成規。旋律用音，與配器方法，都開明開放，很愛吸收外來東西。不過進步程度與步伐都慢，而且有一段時期裹足不前，幾乎完全停頓了。

粵樂旋律用音，不限中國傳統五音音階，但卻不脫中國慣用調性。於是發展常有令人驚喜的地方，難怪廣東人從前那樣迷，因為實在有一聽價值。即使現在聽，也覺得有些地方不乏現代感。

配器是很妙的。小提琴、夏威夷結他、西洋鼓、木片琴，配中國樂器，中外共冶一爐，聲音效果，很悅耳。

演奏方法是「自由齊奏」式（這是我杜撰出來的名詞。）一個旋律，unison 齊奏，可是不同樂器，各有各路向，不是每個音都奏。其中頗有即興味兒。

這種方法，也有中國傳統。中國劇曲，法曲佛曲，都是如此。略原始，但原始得有味道。如果加上新的變化，大可把之重新介紹一下給現代青年。

我們這一代，都是聽廣東音樂長大的，我們的下一代，卻不大知道廣東音樂。要啟後，必須承先，挑出好的舊東西為他們介紹，會有承先的作用。

不過先要做一番工夫，去蕪存菁。把沙粒揀去，才礫得出金子來。

幾時有空，真想下點功夫做一做這工作。

趕工寫歌的時候

梁寶耳的《新樂經》裏有篇「何以作曲不能趕工完成」，說作曲家寫完一首好作品之後，往往有一段時期印象極深，於是要另寫新歌的時候，往往無法擺脫前曲影響。

這是很實在的創作經驗。相信不少作曲人，都有過同樣感受。

我自己便常常受到同樣的困擾。

要避免後曲像前曲，也無萬應萬靈善法。

不過，也不一定完全無法可想。

創作完成，人腦經過了非常專注與投入的劇烈運動，腦海自然會留下印象。要用最快時間，洗清腦中痕迹，最佳方法是馬上讓腦子接受另一種強力衝擊。

例如，將寫成樂曲送出後，立刻便狂聽前賢大師佳作。一首流行曲寫就，即開唱機，狂播貝多芬交響樂。聽上一兩小時之後，腦中剛才還盤旋不去的樂音，就會讓樂聖的傑作洗刷乾淨。於是再要趕工寫另外一首歌，就不會受前曲牽着鼻子走。

另一方法，是刻意和腦中印象對抗。索性把完成了的譜放在面前，有心反其道而行。前曲用主和弦作起句？寫新歌的時候，便偏偏不碰主和弦。前曲第一二音弱拍開始，新曲便故意用強拍開頭。這樣面對面鬥爭十來分鐘，也往往收效。後曲至少在結構上，會與前曲大異其趣。

不過，這是十分辛苦的功夫，但一旦以作曲為專業，只好如此。

所以，我有時很羨慕梁寶耳兄，他有為捕捉心路歷程而寫歌的優游，我們沒有！

短調情懷

梁寶耳兄說得對。寫了首較滿意的作品之後，有好一段日子，會擺脫不了這首旋律的影子，腦子中還是被其盤踞。

拙作在這幾年，總是脫離不了短調的範疇，minor mood 裏，幾番力求脫身，都翻不出來，可說與此有關。

其實作品絕對反映作者心情。這幾年，尋尋覓覓的中年況味，無時不在心中打轉，而恰巧短調情懷，很可以表達得出這些感覺，所以不知不覺之間，人又墮進其中，衝不出來。

說起 minor 調式，也有笑話。

「怎麼又是短調？」徐克說。

此人知音，讓他一眼看出底蘊，只好收回新作，說：「好！這首不算，待我再寫長調試試。」幾天後，徐克電話來了！

「老霑，我有一段法國東西，供你參考。」

「唔！」聽過參考資料，在下沉吟無語。

「怎麼？喜不喜歡？」

「節奏很好！」由衷之言！洋人東西，肯定有參考價值，比我們先進多了：「不過……有問題！」

「什麼問題？」老徐耳側：「旋律也不錯吧！」

「旋律也很好！」我大笑：「可是其實也是短調！」

好笑的是，徐老克也在 minor mood 中，兩個老友，跳也跳不出來！大家只好投降。

姜白石旁譜我見

宋詞究竟如何唱？因為曲譜失傳，所以久已無人知道。

唯一有樂譜留存下來的，是姜白石十七首詞的旁譜。

可是這些旁譜，在清乾隆再發現，已無人能讀。

經過不少學人反覆考證議論，楊蔭瀏與陰法魯兩位大學者，結果在廿多年前譯了出來。當時很受注目，都認為宋詞原本的旋律如何，終於重現。

不過，我始終至今懷疑，楊、陰兩位的譯譜，其中不少謬誤。

所持理由，十分簡單：姜白石的詞譜，照楊、陰兩位的譯法，唱出來絕不像中國歌。

宋詞譜雖不傳，但其他古老的琴譜，琵琶譜，依然有一些留存下來。這些古曲，一聽就知道是中國音樂。

可是楊、陰兩位譯出的姜白石歌曲，和我們習慣了的中國歌，無半點近似。旋律突兀，起落異常。就是憑這點，我一直懷疑至今。

當然，單憑這點論據，不足以推翻兩位大學者的推斷。不過，不能推翻是一回事，但每次重唱楊、陰譯譜，也次次再起疑團。

楊、陰兩位對旁譜研究結果發表了之後，學術界似乎就以他們的結論，視為定論。其實，以愚見認為，未解決的疑問甚多，楊、陰兩大師的結論，大有可商榷的餘地。

無歌的日子

多少天了？半個音都寫不出來。

無歌的日子，那麼難耐。

腦麻木，音樂忽然從心中消失。

還常笑世人不知內情，過分推崇舒伯特在餐巾上寫《鱒魚》的故事。

今天，我自己在哭自己。從前一揮而就的能耐，此際全離我而去。夜

夜對着白紙，半個音符都想不出來。

此刻，心中無歌無樂。

本是個充滿音樂的人，一向如此。

看見月亮，我心中會湧現和弦。

看見雲彩，口中自然就有旋律。

但現在，和弦呢？旋律呢？都到哪裏去了？難道這就是我一生愛樂的結局？從此無歌？

從不相信江郎才盡這回事。但現在，我連半個音都聽不見，腦中只是木然的死寂。我不接受這事實。

不可能！不可能的！

歌曲與音樂，根本是我生命中不棄不離的一部分，我的血中，每天流着，我的細胞，每天以之為養料，怎麼都沒有了？

謬思竟然頭也不回，棄我不顧？

我的歌，回來吧！回來吧！我求你。

你可聽到我心在泣？我血在喚？我的細胞，在失聲呼喊？

裝香兼抱腳

創作要平日勤裝香，也要臨急抱佛腳。

平日不停的儲藏資料，到要着手創作的時候，心中有了創作目標，就更要馬上「求材若渴」，要把一切有關材料，盡量上倉。

我相信，金庸在寫《書劍恩仇錄》的那一段日子，一定常常翻看清人筆記和清史稿，陳家洛是乾隆弟弟的傳說，是他故鄉浙江海寧流傳已久的故事，據他說自小便耳熟能詳。但提起筆來創作故事的時候，他一定還有檢閱其他參考資料。

貝思斯坦這位美國樂苑奇葩，有次接受訪問，談他作曲習慣。他說他在寫曲之前，喜歡彈琴。

這便是在創作前開啟腦竅，盡量儲存資料。

在下平時，最喜歡在琴上，玩音符組合。這個音，忽然跳到那個音，效果如何？那個音，連彈八次，又是怎麼樣的組合？有所發現，就記下來。

然後到寫歌，心中就模擬出曲中情感。這首是失戀的歌？失戀是怎麼樣的？自己那時如何瘋狂，半夜如何到處酗酒狂歌？友人如何淚流披面？假如我是劇中男主角，我的感覺會怎樣？

想死？想投河？想一刀抹向脖子？

那情感如何用音符表現出來？

左想右度，歌就出來了。

不過是感情資料，重新排列，經過腦門，化成音符而已。

不難！真的不難。

減產之樂

友問：「何以作曲減產？」

答：「想寫少一些，寫好一些。」

有幾年，寫得太多，連作曲之樂都剝奪了，變了是永遠不停要趕的工作。現在，寫少些，先自動淘汰一些行貨作品，不肯像從前，做歌詞與旋律工廠，反而漸漸得回些失去了的創作樂趣。

創作，需時間孕育。

從前時間太少了，時間不夠，缺乏了精雕細琢功夫，作品不免粗糙，品質控制，老實說，真的做得不夠。所以，有時重看舊作，自己禁不住面紅。

現在，趕的工作不接。沒有興趣動手的，婉言拒絕。

這樣下來，情況大有改善，令自己臉紅的東西，都進了字紙籮，不讓其獻世。不但訂貨的人滿意了很多，自己心裏也好過。

作品減產，當然影響收入。不過精工炮製的東西，售價可比市面略高，所以對比下來，不但無損，反而買賣雙方，都開心一些。一來貨必精妍，買方有信心。二來賣方不必天天趕工，弄得力盡筋疲，而出品控制不如理想。三來，不產次貨，「商譽」反而有所提高，竟然大家都有好處。

而且，有時間孕育作品，從事創作之時，樂趣增加了。推敲本是十分過癮的事，一音之微，一字分別，都可以用點心思，千番考慮，不但自己舒服，在推敲過程中，也往往領悟出從前從未悟道理。

人居然就此創作方法大躍進。

自卑感

台灣一級音樂人李宗盛，接受香港樂評家馮禮慈在周刊上的訪問，坦承自己有自卑感。

哈！原來大家都有自卑感。

自卑一族，族大人多。

我一向自卑，到現在依然如此。

看見金庸、倪匡、林燕妮的文字，我就自卑。

信手拿一本古人的詩詞一翻，我又自卑。

彈起流行全世界的旋律，我更自卑。

而我，已算是香港人眼裏所謂「瓣瓣通」的人了。但巨匠跟前，不由得，自卑感就油然而生了。

不過，一向不怕自卑。

自卑可以化成動力。我自卑，所以我努力，我勤奮，我不懈地自強。你的基礎比我好？我知道，但我比你努力，大家看成果，未必我會比你差。這樣，自卑不但消失於無形，還真的弄了些成績出來。

自卑一族的親人們，不要怕。

有時，甚至不必刻意克服自卑感，就讓感覺留在心中，作為自己的鞭策。

你覺得寫得不如李白？努力去吧。即使到頭來，依然不及，但肯定的，你會比其他的好許多。

李宗盛自己是極好的作曲人，也是十分成功的監製，他說他有自卑。但請看看他的成績，你就知道，原來自卑，很好。

稿與歌與酒

醉後不宜寫稿，卻可以寫歌。

大概寫稿要思路上較多組織，而寫流行歌，AABA 四段體一番，只有十六句卅二小節而已。即使人半迷半醒，也無損水準。

偶然，還會有些平日想不到的神來之筆。

所以，寫歌寫稿，對我來說，前者輕鬆得多。

歌與酒，是天公賜給塵世的龍鳳胎寶貝。兩者從不互相排斥。因此，邊喝酒邊寫歌，真是天下間最過癮的工作。

即使腦子開始有點酒力不勝的時候，開了個錄音機，擘開喉嚨，就可以寫。

啊！對酒當歌，人生幾何！而居然還有版稅可拿，表演權益可賺，真比曹孟德那廝還要痛快！

醉後不宜寫稿，卻不妨彈琴。

平日不聽話抗拒接受敝腦意念指揮的拙指，在酒意襲人之際，往往神威乍露，顯出潛能，居然聽起來，悅耳得多。

也許，因為人醉了，耳朵加了filter，不好的聲音，被拒耳孔之外。不悅耳的沒有了，悅耳的，源源而來。

閉上眼，幻想自己是史提夫溫打。何況眼皮都睜不開了，不想扮他也不成。

閉上眼，寫不得稿。

閉上眼，卻能彈琴。

寫文章，最多只能半醉。
寫音樂，卻有時愈醉愈好。
所以，其實對我來說，寫音樂更勝寫稿。
但我又那麼愛寫稿。
唉！真煩，先喝杯再說。

詞

想作品好，
真情實感重要得很。

作詞人的條件

石人老師說，幸而他不靠寫歌詞吃飯。

原來他忽有雅興，也來試試填粵語歌詞。一試之下，發覺這玩意兒雖是雕蟲末技，可也不太容易，於是就有上面的那句話見報。

填粵語歌詞，說真難，其實也不是，但說易，也真不怎麼容易。

技巧上的先決條件，是要耳朵好，懂不懂音樂，還是次要。時下能靠寫詞混碗飯吃的幾位詞友，嚴格來說，也沒有幾位很懂音樂，可是這些詞友，都有過很好水準的作品面世。可見懂不懂音樂，無大關係。但耳朵好，是必須，否則，就常常有「拗口」「倒字」的技術毛病出現。

像把故友周藍萍的《綠島小夜曲》改編成粵語歌的最近流行作品，開首的兩句，便已經倒了幾個字。而有這種技術毛病出現，只有一因：

作詞的人，耳朵不好，根本拗曲了音樂，摧殘了旋律進行也不自知。音聽不準，自然就會選錯了不能與不應配合的字。

至於歌詞詞意不通，胡亂拼湊，思路跳躍得完全無迹可尋，那是新秀詞人表達能力不逮，功夫不夠的緣故，與填詞難易，以愚見認為，倒沒有什麼大關係。

歌詞一首，有多少個字？

這幾十個字也串不通，那絕對是文字功力差勁而已。

石人老師，文字功力自然好極。但他也填不完一闋；這與表達力無關，壞只壞在他耳朵辨樂音，不夠仔細。

林振強詞

林振強的歌詞，好在哪裏？

好在真情實感。

林振強是個非常現代的香港人。他中國書讀得不多，但中文卻極流暢，單是語文運用方面，便全無老氣，而極富現代感。

這方面，丟棄不了中國古書包袱的，就自嘆不如。

他這人雖然木訥。但心內的感情，卻是又豐富又複雜。

平日人們看見的林振強，只是冰火山上的小尖，表面以下的東西，不但深、大，而且還似火般燙熱。

《笛子姑娘》為什麼感人？

因為這首歌是寫給他妹妹雁妮的。雁妮那時患了癌症，不久於人世。林振強向公司討了一個月假，親身去服侍她。我們未必人人知道這首歌的背景，但聽《笛子姑娘》，鮮有不受感動。林振強作品，就是好在這裏。

笠翁曲論

每次讀李笠翁的《閒情偶寄》，都有心中話讓他說盡了的感覺。

笠翁是中國有曲以來最好的理論家。他實在深明按曲填詞之道，是個大會家，所以說出來的話，實際得很，和一般單從文字出發，不懂音樂的所謂「曲論家」，實在勝出不知有多少。

笠翁是明朝清初人，但筆下所說的「曲病」，今人仍不時會犯上。因此在下常常推薦他的書與現役詞人，更不時對行家說：「要填詞進步，請讀笠翁著作。」《閒情偶寄》，坊間唾手可得。既收了在中國戲劇出版社的《中國古典戲曲論著集成》，也自有單行本。有志於填曲的人，不可不讀。

有助創作

李笠翁《閒情偶寄》的曲論，不但是很好的填詞理論，也是很好的創作理論。他是個敢於批評傳統的大家，曾有「聖人千慮，必有一失。聖人之事，猶有不可盡法者，況其他乎」的話，來批判元人曲作，謂「元人所長者，止居其一」，半點也不客氣。他寫曲詞，力主顯淺，說「有令人費解，或初閱不見其佳，深思而後得其意之所在者，便非絕妙好詞」，真是的論。但他也不是主張淺入淺出、淡然如水的作詞法，故有「一味顯淺而不知分別，則將日流粗俗」的說法。「深入淺出」，其實是創作正路，也不單是寫歌才要如此，所以從事創作的人多讀李笠翁書，也有幫助。

也說十八本

粵劇的江湖十八本，其中有幾本失了傳。

治粵劇史的人，紛紛搜索這失了傳的幾本劇目，可是多人多年努力的結果，仍然考證不出什麼來。

這在粵劇史觀點來看，十分可惜，可是從粵劇藝術來看，這沒有什麼大不了。

東西失傳，原因不少。但名為《江湖十八本》的戲，竟然也失傳，其中可能另有一因。那是因為戲不受歡迎，久久不演，所以才會湮沒無聞。

受歡迎的戲，人人記得，早已活在演的人與看的人心中，絕不會失傳的。

而其實《江湖十八本》，即使劇本完整，今時今日，也未必有一演的價值。戲劇反映人生，與時代一起同步。因時代改變而失傳，是戲已經不適合觀眾需要了。

合理要求

元朝有位「工樂府、善音律」的周德清，寫了一本《中原音韻》，影響至今。

這位十分懂得中國文字合樂技術的大師，是率先提出「字暢語俊，韻促音調」為合樂文字標準的人。

他極力主張「韻共守自然之音」，最反對歌詞「歌其字，音非其字者」。說這是「扭折嗓子」。對這類「倒字」作品，認為「深可哂哉、深可憐哉」。

《中原音韻》書中周氏舉出《陽春白雪集》的一闋《德勝令》其中一句「沉煙裊繡簾」為例。

這句話，在紙上看不錯。沉煙在繡簾間裊裊上升，美得很。

可是一唱起來，變成了「沉宴裊羞簾」，「煙」和「繡」兩字，都倒了字音，聽起來就不知所謂了。

從《中原音韻》周德清開始提出之後，以後的中國樂人與知音之士，反覆強調這問題，不知多少次了。想不到一直到今天，依然還要黃霑大力呼籲行家：不要倒字。

也許，黃霑再多談這問題，也於事無補。倒者自倒，銷者自銷。自元朝以來，一直如此。

但作為一個心中有合理標準的中國詞人，坦白說，我極希望中國的歌詞，無論在意境上，在技術上，都夠水準。不會讓觀眾聽明白這基本要求，也不及格。

批評「國歌」，原意在此，此中不涉及不敬的問題。

元曲實在好玩

我將這鈕扣兒鬆，
把縷帶兒解；
蘭麝散幽齋，
不良會把人禁害，
哈！怎不肯回過臉兒來！

香艷得很，是不是？
元曲，香艷的文字不少。
《西廂記》自然是首選。

將柳腰款擺，
花心輕拆，
露滴牡丹開。

但蘸着些兒麻上來，
魚水得和諧，
嫩蕊嬌香蝶恣採，
半推半就，
又驚又愛，
檀口搵香腮！

簡直就有點不文。

不過，愛元曲不單因為文字不文香艷，而是元曲，實在接近生活，人的本色情感，全部活生生的白描出來。從來不避俚俗，不忌諱，而且平易近人，淺白可喜。

香港青年，中文根基不太紮實，要接觸中國文學寶庫，其實不妨由元曲入手，才再往上溯。而且大可挑些極淺的先讀。

像：「平生不會相思，才會相思，便害相思。身似浮雲，心如飛絮，氣若游絲。空一縷餘香在此，盼千金遊子何之？證候來時，正是何時？燈半昏時！月半明時！」多麼自然渾成，多麼好玩。

童謠

在下一直認為童謠不簡單，內容絕不是和路迪士尼式的世界。這論調，一向沒有太多支持者。昨天讀到了倫敦路透社的電訊，知道英國的民俗專家伊利斯也說童謠內大有文章，十分高興，因為證明自己沒有冤枉了「天真無邪」的孩子。

童謠內容，有暴力，有性，也有骯髒東西。「人之初，性本善」云云，只是仁而不智迂頭腦裏的想當然世界。如果我們睜開眼切切實實的看看兒童世界，就會知道兒童的劣根性，絕不比成年人少。

卡通片的貓和老鼠，暴力一點不少，而且暴力得瘋狂。

但這種暴力，我認為是好的，因為剛好為天真而有邪的兒童；提供了宣泄邪氣的孔道。心中的劣根性找到出路，現實生活裏，他們的暴戾反而會減少。

正視事實

童謠中甚多暴力。英國小孩琅琅上口的「三隻盲老鼠」就是一例。盲老鼠已是可憐，但還要讓農人之妻用割肉刀，一刀斬斷尾巴，真是觸目驚心。但兒童們極愛此曲，覺得這是很好笑的怪事。這種真真正正反映出人類劣根性的兒童心理，我們應該仔細研究了解，而設法予以疏導。看有暴力的漫畫，其實是疏導了這種人類本真劣根性的好方法。兒童看得過癮，在現實生活裏，暴力行為反而會因之減少。這絕不是黃霑怪論。

現代兒童心理學家的新方法，常常勸成年人正視這些事實上存在的心理，而不是逃避現實去騙小孩。

幸遇好老師

半生幸運，常常得遇好老師。

念中學的時候，翻譯老師袁匯炳先生，是香港唯一中譯英與英譯中公開比賽，一起得雙冠軍的高手。他創的翻譯口訣「袁氏四法」，「刪、存、補、掉」，實用之極，比起聲名甚大的嚴幾道的「信、達、雅」更有道理。

袁老師本來是在聖約翰大學念化學的，不知為什麼，到他壯年，不教化學，改教翻譯，他的方法極重啟發。我中學念完，以後就沒有再從師學翻譯，但二十三年廣告生涯，就憑他這四個字心法，一切外文廣告翻譯難題，從未試過解決不了。真是畢生受用。

另一位名師高人，是時代曲大師梁樂音老師。他是《賣糖歌》、《月兒彎彎照九洲》、《博愛歌》等一流旋律的作者。

梁先生寫廣東話廣告歌，技術一流。

「新奇、新奇洗衣粉，月老牌，月老牌，新奇洗衣粉！洗得靚，更潔白、慳水又慳力……。」就是他的傑作。其他名作，如「快潔」，如「菊花牌乳膠漆」，都是一聽就記得的好旋律，又易上口，又易記，真是廣告歌中表表者。

後來我常常寫廣告歌，就是從梁老師那裏，偷師得來。

他最擅長用裝飾音來解決廣東名九聲的配譜問題。光是學會這一招，我已妙用無窮，解決了很多別人解決不了的難題。

倒字廣告歌

現下的廣告歌，偶爾還有一兩首，出現歌詞「倒字」的情形，真是罪無可恕。

寫歌詞，不倒字，幾乎是最起碼、最基本的要求，而竟然連這要求也達不到！

廣告歌，通常只是二三十秒。

算三十秒吧。三十秒中等速度的歌，只不過是二十小節左右。按譜填詞，不會有多少個字。通常來說，三四十個字就已經寫完一首。比宋詞的小令，往往還要短。

填三四十個字，也要倒音？當然罪無可恕。

何況，現下寫廣東流行曲的詞人那麼多，找個專家如黎彼得、盧國沾、鄭國江等來問問，就可以解決一切問題了。竟然連最容易做到的事也不做！

當然，多年前，粵語廣告歌常有倒字。「新鮮美國來」唱出來變了「神仙美國來」的烏龍，層出不窮。

但幾十年後，廣告人竟然全無進步？

裝飾音避倒字

要避免廣告歌倒字，有個非常簡單的方法——用裝飾音。裝飾音，西洋樂語叫 Ornament。即是在正音之前，加多個一掠而過的音。粵樂有時稱之為「花音」和「孭仔音」。

如果各位還記得「新奇洗衣粉」當年的廣告歌，唱唱結句最後一字，就會知道用裝飾音，可以很巧妙的避免歌詞倒字。

那首歌，結音是 DO，配「新奇洗衣粉」的「粉」字。

如果按譜唱，字就倒。因為聽起來，「新奇洗衣粉」變成「新奇洗衣糞」了。

要避免「粉」變成「糞」，就要在 DO 音之前，加個 RE。

唱的時候，字的「首韻」，先上RE，再用「腹韻」滑下，「尾韻」才到DO音。於是聽出來，「粉」字就字圓腔正了。

這是很簡單的方法，也不必懂音樂才可運用。所以廣告歌字音出問題，不妨試試裝飾音。

焚心以火

《焚心以火》這首歌拿了很多獎。差不多此地可以拿的獎，都拿到手了。

這首歌，是我和顧嘉煇兄合作的。AABA 四段體，我寫 A 段，煇哥寫 B，有點古人寫詩聯句似的。

與煇兄合作二十多年，大家很有點心意相通，他和我寫旋律路子不同，但合起來，非常合拍。

起承轉合本來「轉」字最考功夫，但他寫《焚心以火》B 段，沿着我先寫好的主題發展，完成的歌，倒像是一個人寫出來的。

一生人，找合作伴侶而可以這樣無間，實在是難得的運道。我本來是煇哥後輩，他當樂隊領班時，我不過是個渾渾噩噩的樂迷小子。想不到，後來居然成為與他經常合作的拍檔。有一陣子，顧嘉煇曲黃霑詞，幾乎變成了此地電視劇主題曲的必然組合。

「黃霑寫詞，正路！」煇哥有次對友人說。

這話後來，傳到我耳。

我笑。

到底是深知我心的知音知己。兩個字就說出了我半生人一直追求的詞風，絲毫不會因為我平日胡作非為的表面態度蒙蔽。

他移民加國之後，合作的機會少了。即使有跨越空間的傳真，也因為兩地時差而略有不便。

但幸而我們始終有緣，又有了《焚心以火》。因此這歌連連獲獎，我特別開心。

主題曲

寫電影與電視主題曲，一寫多年，一向對自己的作品，有個要求。

我希望作品一方面能和戲緊密配合；另一方面，卻又希望這首作品，可以有自己的獨立生命，即使與戲分離，也依然可以活下去。

因此，往往抓着戲中一點，就大事發揮，而絕少涉及整個戲的劇情。

不是叫「主題曲」嗎？捉着一個主題寫，就夠！

多年來就如此寫，由羅文唱的《家變》起，到前些時張國榮唱的《倩女幽魂》，都是如此。

當然，這不是說，主題曲必須這樣寫。

也有不少作品，大似劇情說明書的。這類作品，老實說，也間有佳作。不過，這不是我喜歡走的路。我自己在寫主題曲的時候，劇情的描繪，幾乎迹近於無。

我認為，能從劇情中跳出來，再回顧俯視，抽出其中最合心中有感的一點一滴，肆意發揮，往往豐富了戲的內涵。而且，歌曲本身，另有生命力，與戲互為因果，相輔相成，又可以脫出其外，另成一境。也許，劇終人散之後，還可以從中體會出一些劇情未及的餘韻來。

而且，這種寫法，對創作人來說，領域更寬，自由更大。因為已經躍出劇情規限，海闊天空，對抒發創作人自己的情懷，方便得多。

說知音

這個世界，必有知音這回事。

伯牙必會得遇鍾期。

那天遇見一位多年沒有好好促膝的舊友，他一句話，就說出了我寫作的習慣。準確程度，幾乎有如與我共處一室，看着我下筆似的。

連寫作習慣，也可以一語道破的，自是知音得很。

世人有「難覓知音」之嘆，其實壞在刻意尋覓之故。創作只為表達，太着意找欣賞對象，反而就會出岔。

多年積聚下來的經驗，認為只須着力於弄好作品，就夠了。作品好，自有欣賞之人。倒不必千方百計，尋尋覓覓。

記得多年前有首處女「曲並詞」作品，面世的時候，沒有什麼迴響，但其實心中對這首作品，十分愛好。然後，一天，拍外景，遇上一位浸會書院的女青年，她說：「我很喜歡你當年那首歌。」說的正是私心認為水準不差的拙作。

幾次類似的事件，令我深深相信，好作品，必有知音。只要努力把作品的品質控制好，就必有賞者。

而且，我也隱隱覺得，世界一切，都有緣在。這所謂緣，受制於空間與時間。但好作品，其中自有股不能解釋的力量，會衝破時空之限，到達知音心裏。

作品好，必生緣，而緣至，知音必來。

沒有知音，只是作品力量不夠。

創作之源

一切創作之源，都來自生活。

你的喜與怒，笑與淚，一點一滴的積聚心中，匯成一浪又一浪的腦汁精髓，化為文字，化為圖畫、雕塑、建築、電視、電影、表演、歌曲……

眼觀察到的，手撫摸着的。還有心擁抱緊的，身靠貼住的。

酸甜苦辣，味味俱全的人生經驗，無奇不有，莫名來去的幻想，都存在心坎之中。聚滿了，就會自然流瀉出來，一發而不可收拾。

請生活去！投入生活，用你眼，用你耳，用你鼻，用你口，用你身手心腦去抓住這創作的源泉。感覺生活去！你會發現，生活是川流不息的活水。

常常有後進，問在下：我如何可以成為創作的高手？

你想成為創作高手，請——

生活去！

自己的一關

最難過的一關，必是自己。

別人設的關口，大都不難混騙過去。

可是，騙不了自己，一切蠱惑行動，了如指掌，心中有數兼心知肚明，哪裏混騙得了？因此自出試題，自任試官的考試，最難合格。

有時聽些評價過高的謬讚，心裏不免有些尷尬。所以連聲「過譽了」的時候，不一定是假謙虛真造作，是因為自己給分標準，與人不同。

有上進心的人，大都有把標準訂個比一般高的傾向。因此面對大眾試官給分鬆手，無有不暗呼僥倖。

自設關口，是好事。雖然有時也會痛苦不堪。

眼高又自知手低，用盡努力向上伸了，還是寸進，心比天高，而雙腳仍然在地，當然痛苦。

不過，這種痛苦，有積極作用。儲存得多，難保有一天，不會化作升空火箭燃料，把人送上高空的目的地去，終於衝破自己設下的關口，超出以往的規限，破空而上。

然後，心知肚明，知道君子一生冀望的突破，終於來臨。

沒有出貓出蠱惑。自出試題自任考官，自評成績。是高是低，水準自知。

沒有僥倖，沒有慚愧，給分標準自定。

考完了，連分數都不必公開。

過了關口，別人知道與否，不必理會。

一切如人飲水，自知冷暖。

而從前痛苦，到那陣子，會覺得，都是值得！因為，你終於過了自己的一關。

真情實感

有年青人問：怎樣會寫得出好東西？

想了好幾天才回答他。

我說：「把心中的真實感受傾瀉出來。讓文字把每縷感情如實地刻劃，那你的東西一定會好！」

然後，我不停地反覆印證我這結論、拿自己的作品成果、前輩的大師們的作品功力分析，似乎到目前為止，這理論仍然站得住腳。

好的東西，什麼叫好？

動人就是好。

動人是喚得起共鳴，令讀者的心，在看你文字的時候，能兩者印在一起。

「秋風秋雨愁煞人」，很顯淺的七個字。但你一讀就黯然。因為秋瑾女士寫這句詞那時候的心情，藉這幾個字，和你的心搭上了。不同時空的人，心靈竟然交接。所以焉能不好？因此，想作品好，真情實感重要得很。

想你開心而已

「我是一個想你開心的人」，這是為羅文寫的拙作，其中，有我不少心聲在。因為生下來是小丑性格，喜歡令自己周圍的人開心。

我很相信，快樂是香水，向人灑得多，自己就一定免不了也會沾上一點。

所以，一有能令別人開心的機會，我就不會放過。扮扮小丑，對我來說，絕不介意。引得到別人開心，自己就會很高興。

小丑通常是馬戲團中表演技術最佳的人，永遠不是主角，可是卻也樣樣使得，樣樣會。

在人生馬戲團裏，我不是這種技藝高超的小丑，但卻肯定是插科打諢的大配角。

常在一起的朋友，都喜歡和我見面。

我是一個想你開心的人，獻盡心力，博君一笑，如此而已。

廣告

創作過程，
可以用五個字來概括：
「藏」「混」「化」「生」「修」

廣告人

張徹說：「你這人不可分類！」一句話令我大徹大悟，於是決定盡量把多餘事減少不做，專注搞好自己的事業，希望在退休之前，可以略有小成。

其實，鄙人的事業是廣告，八四年十月，我已是踏進從事廣告業的第廿一個年頭。這個行業，我是機緣巧合走了進去的。一進去，就深深愛上這行業。

廣告行業的挑戰，令我的半生，豐富而活躍，能選擇廣告行業作我事業，是我的幸運。

不少這同行認為，廣告不外是為他人作嫁，廣告成功，賺錢的是客戶出品商，廣告行業，利潤低微，而且絕不穩定，所以不少同行都紛紛轉行。可是我廿年於茲，卻委實樂在其中。

希望幾年之後，張徹向朋友介紹我的時候，可以說：「黃霑，廣告人。」

廣告哲學

我常常聽一些廣告人大談廣告哲學，說得天花亂墜，煞有介事得很。

要廣告哲學談得頭頭是道，是很容易的事。寫成個賣得出產品的廣告才難。

這一陣子的廣告人，開口閉口都在說「市場定位」「心理資料」等等一大堆空泛但動聽的名詞。不少客戶，居然被這些名詞嚇倒了，以為這些人理論十足，一定是飽學之士。

誰知要用這些大名詞來吹吹牛皮，只需買本書來啃一兩天，馬上就可以口若懸河，一瀉千里。

而且不必買什麼深奧的經典。一本「如何用廣告術語吹牛」的薄薄小冊子，就已經洋洋大觀，用之不竭。

一切廣告，成功與否，不看其理論如何，只看做了出來的成果。顧客看的是廣告，你的理論，他才不管。哲學云乎哉，搵老襯而已。

廣告危機

這幾年，香港廣告界有個很奇怪的現象，技巧進步，創意退步。電視箱中所見，是七彩繽紛的畫面，巧妙的鏡頭運作，但創意呢？用顯微鏡去找也找不到。全部是拆下來不餘片瓦的七寶樓台，眩人耳目，卻全沒有中心骨架。

不知道為什麼會有這現象。只知道這現象十分不好。因為等於創作水平下降，而廣告沒有了創意，只靠技巧，那何必要創作人才，單靠有功力的製作人才就成了。

我不希望這現象持續。因為如果這現象繼續下去，香港廣告界等於自尋死路。而我絕不希望廣告行業衰退！

創意少，或者是因為創意人才懶。

也有可能是廣告客戶，因為經濟衰退，變得小心翼翼，只求因循，而不敢冒險。但其實因循，有時比不冒險還危險得多。

說地產廣告

香港水準較差的廣告，是樓宇廣告。

一般地產商，都有屬下美術部，往往只是由美術部設計好畫稿，由公司的老臣子「文膽」寫幾句四字句，就見報了。

不過，香港的房屋一向是大問題，地少人多，永遠求過於供。所以，水準不太好的廣告，也應付得過去。

但我實在認為，如果地產商聰明些，眼光放長遠些，肯付一點佣金，聘用廣告公司，銷售效果會比用旗下美術部好些。

像現在把九龍公園前一段彌敦道變成了金碧輝煌、遊人如鯽的「栢麗大道」，推出時如果不是大膽起用廣告公司，恐怕那麼貴的舖位，不會一下子就完全搶購一空。因為「栢麗大道」，雖然是地王之王，設計也極佳，但價格到底不算便宜。

但一幅幅中央雙全版的彩色廣告，引起了置業人士的興趣和信心，於是一推出，單是「裕華國貨」一家，便買起其中三分一單位了。

再說地產廣告

香港地產廣告的通病，是沒有創意。

用的字眼完全一樣，什麼「靜中帶旺」「間格一流」之類。用到殘，用到舊，完全失去了任何意思的陳言死語，這一用再用，又如何會有新鮮感？

畫面永遠是樓宇示意圖，加間格圖則，×××大廈的廣告，與乜乜乜花園的廣告，全無分別，效用怎麼會大？

這些廣告，不能說沒有效用。至少，告訴了想置業的人，樓宇的地點，發展商與最低價格，及樓宇尺寸。但，如果廣告單是這樣就成，全世界人都會成為廣告人了，還要用天文數字去請專業廣告公司嗎？

街邊那位代女佣人寫信回鄉的阿伯，大概也可以寫出「光猛通爽」「個個大房」一類的句語呢！而找阿伯寫一寫，還不容易？

畫面如果是單畫出樓宇，那麼則師樓的繪圖師，早已隨則附送圖片了。一文也不必花呢！

英文簡寫

最近「無綫」電視英文台，節目宣傳片常有四個英文字母出現。四個英文字母疊在一起，看得我一頭霧水，完全不知其義。

問人問了幾個，才知道這是Eyes On The World，放眼世界之謂也。不知有幾位讀友，知道這四個英文字母代表着的意思？

宣傳的第一目的，是思想交通。說的話，首先要聽話的明白。聽話的人，連話都沒有聽明白，那話就是白說了。

用英文字母簡寫來說話，依我看，倒不如乾乾脆脆，把整句英文寫出來。

或曰，IBM，EMI 不也是只用幾個英文字母嗎，前者已是電腦同義字，而後者，一看便知是舉世聞名的唱片公司。這幾個字母，我看兩家公司，不知花了多少銅鈿，才達到了今天人人一提起 IBM，EMI，就肅然起敬的效果。宣傳預算少，或計劃只走短線的，用英文簡字，等於縛了一隻手，與巨無霸肉搏，得勝機會，少得很。

好名字

專線通往啟德機場的豪華巴士，原來叫做「通天巴士」。

這名字改得好，那天人在車上，與巴士擦身而過，一見而叫絕。

「通天巴士」這名稱好在哪裏？

好在生動有趣而深入淺出。

赴機場，自然是「通天」了。而「通天」有機靈、善變、乜都搞掂的意思，令這條專線，平添了生氣。而且名字十分易記，可說一望難忘。

好名字，要深入淺出，易於記憶。

當然，名字不代表一切，但有了好名字，對產品，無可否認是有幫助。

外國產品，也常有這類傑作。像「朗臣」有一隻多種功能的家庭用具，功效甚多，名字真絕，就叫做 Ronson Can Do。

兩個只有三個字母的簡單英文字，什麼意思有齊，通俗可喜而最易入腦，改得真好。

是演繹不是翻譯

廣告翻譯，嚴格來說，不是翻譯，而是演繹。是一種因為實際需要而故意灌進另一種意義的傳達方法。

這「另一種意義」，常常是原文沒有的。因此，只「達」而不「信」，與文學翻譯一類嚴守作者本意，力求信實兼神似的方法，絕對不同。

多年前，香港廣告公司，常有「翻譯員」的職位。

這職位現在沒有了。

翻譯這一字，在廣告公司裏，也幾乎變成 Dirty Word。

因為依足外國人創作的稿詞，照字譯出來的廣告，此時此地，幾乎已經完全絕迹。

廣告行業，現在要把跨國廣告用在香港，大都經過改頭換面的「演繹」功夫，形不但有時不似，連精神也有異。

這是 Interpretation 和 Adaptation，不是 Translation。

認真好嘢

「可口可樂」七十年代初期，國際廣告的主題是 ITS THE REAL THING。

這英文四字句，在美國幾乎成為口頭禪的口語。

「可口可樂」由 THINGS GO BETTER 轉到這新主題，原因有二。

第一，是因為六十年代中葉開始，美國青年流行當嬉皮士，覺得人生虛渺，人人追尋真實的 REAL THING。用這句話做廣告主題，是投青少年所好。

第二原因，是「百事可樂」開始打到埋身，在不少地方，構成威脅。

於是「可口可樂」打正旗號，宣稱「我是真的」。

但這兩項原因，與香港實情格格不入。香港青少年，想做嬉皮士的少之又少。而那時候的「百事可樂」沒有作為，所以只好運用「刪、存、補、調」的「袁氏四法」中「補」字訣，將英文主題變為「認真好嘢」。

袁琦秘傳譯學

前文提及的「刪、存、補、調」四大意譯訣，有出處。

這是香港譯學名家袁匯炳（琦）先生的譯學理論。（袁先生是香港首次有「市政局」翻譯獎，一人連獲「中譯英」「英譯中」雙冠軍大獎的高手。）

他認為，形似，不如神似。所以，翻譯時不妨大膽增刪，和將詞語句子次序調排整理，以合讀譯文人的語言習慣。

再有需要，不妨補白、修補、補充。

這「刪、存、補、調」，袁門弟子都尊稱其為「袁氏四法」。

蔣彝先生翻譯 COCA COLA 為「可口可樂」，其中巧妙處，與「袁氏四法」不謀而合。

當年在下用「認真好嘢」四字來翻 IT'S THE REAL THING，就是用「袁氏四法」的「補」字訣。

此法同行或未有聞，所以今天我這袁門逆弟子，特別將老師心法公開大披露。

口語廣告先驅

「認真好嘢」驟看起來，平平無奇，因為是港人平日生活慣用語。但卻十分配合「可口可樂」形象。

「可口可樂」在港，雄霸汽水市場。「黑水」（汽水行稱「可樂」飲品為「黑水」，以其顏色黝黑。）遙領餘子，是香港最暢銷汽水，所以「認真好嘢」一語，切合飲品身分，也道出了飲家對產品的激賞。

何況「可口可樂」還有首非常動聽的歌，用「認真好嘢」填入首句旋律，字圓音正，天衣無縫。

不過，七十年代廣告人，大部分仍然喜歡文謅謅詞語，對起用「認真好嘢」這類通俗口語，很有疑慮。

於是我們建議先作市場調查，找出飲家意見。調查結果，一致認可。於是七十年代，「認真好嘢」變成了「可口可樂」代名詞。飲家到大酒店叫「黑水」，竟有說：「整杯認真好嘢嚟！」

不忠於原著

REVLON 譯成「露華濃」。

COCA COLA 變成「可口可樂」。

REDIFUSION 譯作「麗的呼聲」。

這些都是一流廣告佳譯。

可是，對治譯學的學人來說，卻實在是過分「不忠於原著」。

REVLON 只是該公司老闆的姓氏 REVSON 改了其中一英文字，本身沒有多大意義。現在截取李白的「清平調」「春風拂檻露華濃」詩句作化妝品牌子名，是把商品形象，加添了美麗、明艷、高貴的聯想了。

很好，但不忠於原著。

COCA COLA 這英文原名，只是說出飲品是由「可可豆」提煉出來，也無特別意思，但經蔣彝先生妙譯，變成好味的樂事，平易近人而意象恰可。

「麗的呼聲」也是將只講事實的平平無奇，化成抬高了有像播音服務形象的好譯名。全部不忠於原著，但卻好到「冇得頂」！

革命先鋒

「由頭到尾都咁好味」一句廣告語，不知推銷了多少「總督」香煙。

這句話，起初是「一支從頭到尾都令人欣賞的香煙」，全長十四字，十分文謅謅。

從十四字變成膾炙人口的八字真言，經過了幾年的進化。

這句話，本來是翻英文 GOT IT AT BOTH ENDS 一語。

在下那時初進「英美煙草公司」，當廣告助理，對這十四字頗有點意見。但據理力爭了幾年，到後來升任廣告副經理，才逐漸說服了市務同事，將「由頭到尾都咁好味」，正式成為「總督」香煙的招牌句。

這句話的成功，對香港廣告界來說，有點影響。

在此之前，是文謅謅的長文字天下。前輩們都怕廣告句太通俗，寧願寫出來的句語，遠離生活，也雅不欲與潮流共游。香港廣告後來全盤口語化，這句「總督」八字真言，是革命先鋒。

理解大眾語言

「僧推月下門」好？還是「僧敲月下門」好？「驚濤裂岸」好，還是「驚濤拍岸」好？

那要看上文下理。

賈島推敲的結果，未必會和我們的選擇相同。他想描寫的境界，極可能和我們相異。蘇東坡先寫「拍岸」，再改成「裂岸」，自有他的道理。但他的道理，不一定與我們的一樣。現代語意學大師早川原博士說得好：「沒有一個字能有兩次完全相同的意思。」人的心境，天天變幻，同一個字，不同用法，也會意義不同。做廣告撰稿人，推敲用字，不能只憑一己主觀。寫廣告稿，不是做詩。做詩，只要寫得出一己心中感受，就算功德完滿。寫廣告稿，最重要的是令看的人有意料中的反應。因此，好的廣告人，對大眾的語言習慣，培養成專業性的敏感。他們善於聆聽別人的語言，對群眾用字方法，理解得深。所以，寫起廣告稿，永不會和廣告對象的語言習慣背道而馳。

改舊為新

打開報紙，是「渣打」的外幣存款全頁廣告，四字標題曰：「有升有息」！

好句！把「有聲有色」這句四字成語賦以新貌與新意。

這些改舊為新的好句，可說是中國廣告界的傳統特色。

牙刷是「一毛不拔」！

鞋是「喜有此履」！

熱水瓶是「一味靠滾」與「一味好膽」！

或諧音雙關，或活用現成句語而賦以新意，是中國一向的固有文字傳統，令我這類好讀中國書與好用中國字的人看起來，特別親切。

不過用這類的話，必定要天衣無縫，才會令人叫絕，稍有差池，就會畫虎不成畫了犬出來，所以幾乎是可遇不可求。

這次的「有升有息」，用得好，貼切得很，四個字就把外幣存款的好處，包在其中。我不知道這是哪位行家的傑作。不過，誰也好，請先接受黃霑敬禮！

不必出花招

同是「渣打銀行」的廣告，一句「有升有息」甚有水準，但居屋貸款的那句「居屋更家好」就有點不知所謂了。

「居屋更家好」是不是「居屋更加好」的變奏？「更加」變成「更家」？好處在哪裏，請恕黃霑天賦太差，看來看去都未明其妙。

居屋貸款額，高達樓價百分之百！這已是十分吸引的了。

加一句「居屋更家好」，我覺得反而沖淡了效果，間接又間接。花拳繡腿，竟然掩蓋了真功夫，可惜之至。

如天生麗質，卻嫌脂粉污顏色的大美人，扮得古靈精怪，變得看上去像中環戴着大紅花那位神經不正常的瘋婦，何苦？

我永遠相信，在一般情形下，有了好產品，就不必出花招。出了花招，反而令人注意力轉向，錯過了產品本身最吸引人的特點，捨本而逐末，事倍而功半，只是屁股動完全不見米白，浪費氣力之至！

跨國廣告大烏龍

「駱駝香煙」從前有名句曰：「我寧願為駱駝行一里路！」

這廣告，本意是暗示「駱駝」擁躉，為了擁護此煙，寧願行到鞋底見洞。書面是煙民在鏡頭之前，高蹺二郎腿，皮鞋穿窿。

全世界的報刊雜誌，莫不如是。最多也是略加當地色彩而已。

這廣告，一到泰國，出了大問題。

坐在美國的廣告人，心想，引泰國煙民抽「駱駝」，要加地方色彩，自然是派了攝影隊，到曼谷一帶，為「駱駝人」拍攝着穿窿鞋歎煙的圖片。而泰國，大廟巨寺，建築雄偉，煙民一見，就知此乃佛國風情，於是乃選了最馳名神廟，作為背景。誰知泰人風俗，認為腳底乃最污穢之物，絕對不可在人前如此蹺高。腳底朝天，不禮貌之極。而佛廟，是最尊嚴聖地。在最馳名寺觀之前，高舉有洞鞋底，大逆不道，莫過於此。於是廣告一出，舉國群情洶湧，「駱駝」馬上被迫收BAND。

老文字

報紙加價啟事，寫得好，但全篇有大缺點。

文字實在太古老！

「邇來」「茲經」「爰定」「讀者諸君」等等寫法，不合現代要求。

猜想執筆的人，一定是儒雅的老先生。

我們到了今天，實在不必「文必夏商周」了。

啟事文字，毋須求雅，卻必須求人人明白。「邇來」是什麼意思？「爰」是什麼意思，拿去問問中學生，他們一定十有九人搖頭示意不懂。

報紙要青年人支持，青年讀者愈多，這報的前途愈好。

想吸引青年人，不能用老文字。
他們不懂老文字，也不喜歡老文字。
清末民初才通行的文字，現在實在應該切戒使用。
這是在下的意見，免費提供給諸界各位參考。

有理過造反

「有理過造反」！

沙翁《皮靴集》「有理」篇的結句，我一看難忘。

「造反有理」是震撼了十億國人和五百多萬港人十年的四個字。倪沙翁將其首尾對調，加個「過」字，變成一句「有理過造反」，真是擲下地會彈起的有力好句！

與「潔白過潔白」的「快潔」名句，一同級數。（不知有沒有客戶敢用「快潔過快潔」？）

寫廣告標題，必須力求一級佳句。

一級佳句，必有一條件：沒有「陳言死語」。

陳言死語，再好也不會太高班！更不要說一級了。

韓老愈的那句「唯陳言之務去」，運用到廣告創作去吧，錯不了的。

我敢保證這話有道理！絕對有理！簡直有理過造反！

劇本示意圖

廣告行有所謂劇本示意圖，行內的英文術語，稱之為Storyboard。

把幾十秒的廣告片，每個鏡頭畫出來，再在圖畫下面，標出要說的旁白，或圖中人對話，音樂如何進行，效果在哪裏加進等等，於是圖文並茂，一目了然。

我最討厭劇本示意圖，恨之入骨。

為什麼？因為其實這是絕對無用的東西。

沒有一個劇本示意圖，會和拍出來的廣告片一樣。

未實地看過要拍攝的外景，未選到適合的人選，一切劇本示意圖，都是閉門造車。

閉門造車，怎麼會好？會合適？

我寧願只要劇本。描述得詳細的劇本，比詳細的劇本示意圖好得多。好導演拿了劇本，可以大大發揮創作力。拿着劇本示意圖，就一切限死。再有才華，也發揮不出來。

現代廣告之始

一九五四年某日，紐約曼克頓島五十三街的「巴羅克餐廳」裏，幾個廣告人在吃中午飯。

其中一個，是達彼思廣告公司的主腦，那本廣告人必看經典巨著Reality In Advertising作者羅沙利富士。

他正在餐巾上用筆在畫畫稿。

餐巾上，繪上了一個人頭。人頭上，有三格。

一格是雷電，一格是一個吱吱作聲的彈簧，一格是個不停敲擊的鎚。

這餐巾上的意念，後來成為了Anacin頭痛藥的電視廣告。這廣告為客戶「美國家庭用品」公司帶來的利潤，據說比「美高梅」曠世電影傑作《亂世佳人》還要多。

這廣告，是第一個真正有效的電視廣告，開了現代廣告的新紀元。

現代廣告史，其實以此廣告始。到現在，不過短短卅餘年而已。

去年最佳廣告

去年，港產廣告令我最激賞的，是李奧貝納的「國泰航空公司」電視片。不是那學「江湖浪子」的一套，而是那以天空交通燈作主題，告訴觀眾，「國泰」處處直航不停中站的傑作。

廣告一開始，是機師駕駛艙，雲上的交通燈轉紅，機師把機停下。從駕駛艙的窗外望，另一輛飛機正在通過。那是「國泰」的航機，雲上飛馳不停。

鏡頭再轉到白雲上的前路，一盞盞交通燈，全是綠色，「國泰」航機，就此通向前方，中途不停下來。

很簡單，很有力：

不必聽旁白文字說什麼，只看畫面，已經把「直航」的信息，傳達了給觀眾。真是近年罕見的廣告佳作。比一味賣美女空姐加柔光濾色鏡與星鏡的東西，好出不知多少。如果我是此地「金帆獎」評判，我會給這個廣告極高分數。

因為這廣告，實在好！李奧貝納，不愧人才濟濟！

形象創造者

最近買來本新書，叫 The Image Makers。作者認為廣告人是「形象創造者」。這名稱，大概廣告人不會否認。

廣告人的確是想為商品確立鮮明形象，而藉此令顧客對商品印象深刻。為產品建立形象，是這十多二十年來才興起的事。從前，既不注重，也不講究。

為什麼要為產品建立形象？

從前的產品，多有獨特用途，你有而別人無。但現在，新商品而有真正與別人不同特點的，少之又少。

因此，就要在形象上下功夫，同中求異，來適應顧客的購買心理。

同時，因為市場心理學的研究，較前深入，廣告人於是有更多資料足以運用。對顧客為什麼要購物的心理，有較多了解，所以，對塑造產品形象，多了方法。

只是因此，引來不少批評。《形象創造者》一書，就是對廣告人的大批評。

廣告不受歡迎

不要以為廣告受歡迎，廣告是最不受顧客歡迎的信息。

他在看電視連續劇，正在屏息靜氣，連飯也不扒進口，等看看梁朝偉如何除暴安良，你打斷了他，播自己的廣告，你怎麼會受歡迎？

《明報》社評本來在第一頁，但因為有了你的廣告，被迫由前頭移了到後尾，他對你的廣告，不會愛到發狂。

家庭主婦，一天忙到黑。一次市場造訪，就要把應買的東西，全部買妥，時間既不充裕，荷包也不見得腫脹，你還要打她主意，她一定嫌你煩。

所以，創作廣告的時候，你要預備把不受歡迎的信息，寫成令顧客聽得津津有味的話，他才會不嫌你煩，才會把你的話吸收進他那天天充滿萬種煩事的腦袋去。
你要把他的心裏話，一針見血，開門見山的說出來，否則準顧客對你的廣告，完全不屑一顧。

自由聯想

創作方法，因人而異。稟賦不同，思考習慣不同，方法因此五花八門。

但其中一個最易學的創作方法，是自由聯想（Free Association）。

顧名思義，這方法着眼在「自由」，與「聯」。

自由在這創作方法的蒐集資料階段，非常重要，必須任思路縱橫，心靈飛躍，來往無阻。想到什麼，就記下什麼來。不問情由，不作修飾。

且讓我舉個例，創作的題目是：「花」。

你寫下：性病，交際，喇叭，傳統劇曲舞台上的大聲公，短暫，零落，雨，生完孩子的女人肚，情人節，聖誕，新年，毛澤東……等一大串表面上看來毫無關係的東西。寫到真的不能再想起什麼來了，才停筆。

把自己認為不適用，不喜歡的材料逐一劃去不要。就這樣子在不知不覺間，已經開始了創作的第一步。

創作人人能學

創作過程，有五個階段。

先把資料儲藏，然後混在一起，將之消化。經過苦思，就產生意念，再把之修飾，創作就完成。

這五階段，可以用五個字來概括：「藏」「混」「化」「生」「修」。

訓練有數的創作人，這五階段，一蹴而就。

其實，所謂創作，只是將資料重新編排，找出前所未見的新貌而已，根本人人都會，沒有什麼大不了。而且，不大靠天分，有苦功就成。

你資料「藏」得多，「混」的功夫做得足，「化」得好，意念必然產生。

意念產生了，如何令意念發揮最大功能，要靠「修」正。

「修」也是苦功。

「藏」「混」「化」「生」「修」做得多，就會快，所以，創作功夫，人人能學。

創作靈感

陳瑞祺（喇沙書院的同學）辦了張學生報《瞰訊》，要訪問我這個喇沙畢業生，講廣告，其中一段，我覺得不妨在「廣告人告白」轉載一下：

我自己寫廣告，全不靠靈感。而是靠仔細分析產品與市場資料，找出又吸引又會引起消費者購買行動的意念來。

專業創作人員，是不枯坐房中等靈感的。

其實所謂創作，只是把元素與元素之間的關係，重新排列，形成前所未見的新貌而已。所以，我特別強調資料蒐集過程。

當然，資料當前，如何挑選是大學問。但當你懂得用腦思考，又有經驗和眼光，創作就不難。

創作不是邏輯性的直式思考，而是橫式的思考方法，即是現代思維學大師 Edward De Bono 所提出的 Lateral Thinking。

品味

品味，不是天生的，是培養出來的。

如何培養！

靠多接觸品味高的東西。多看黃庭堅、蘇東坡、米芾、鄭板橋、趙松雪，你就會培養出對書法的品味，不會對又俗又差的東西滿意。

看過趙少昂先生寫牡丹，自然就會知道雲吞麵店的那幅「花開富貴」不是東西。看過黑澤明，你才會知道，古裝戲應該拍成什麼樣子。

一邊接觸，一邊培養自己對庸俗東西的厭惡。對水準差的，完全不屑一顧。這樣，日久就有功。本來低品味，會變得高尚。

廣告人，品味不可不高。品味低，不會令商品超群出眾。

即使大眾的品味不高，你自己還是要培養高品味。
自己品味高，大眾品味低，你可以走下台階來遷就一下。
但自己低，大眾高，你就上不了去。

筆文

文字工作，
不外全是文字遊戲。

不文集與青年

黃霑的《不文集》，黃霑的大兒子絕對看過，因為老竇的書剛出版，馬上就送兒子一本。

但我不鼓勵別的青年人看！記得《不文集》剛出版，就在這裏公開宣稱，叫青年人不要買，因為他們的學校當局，可能不喜歡同學人人傳閱不文笑話。雖然，我知道《不文集》擁躉，有不少是教師。

但學校當局的道德標準，有很多時候，一分為二。

黃霑在一九六三到一九六五年間，當過中學教師，所以對於教育界的事，知道一二。

因此，別人的兒女，我不鼓勵他們看《不文集》。對自己兒女，我認為如果他們肯看，就讓他們看。看不文笑話沒有什麼大不了，也不見得看完《不文集》就會道德標準低下。外表一本正經的人，肯定不會個個盡是君子！

未必養性

「文藝可以養性」，報上有大字標題。

這是老調兒了！但這老調，其實不太正確。

一切藝術，只是美的追求。

美不等於真，也未必善，更未必可以養性。說美能養性，只說出了一部分事實。

世人愛美，於是為美添上了很多無關的好處。什麼「陶冶性情」啦，什麼「令人品味高尚」啦等等一大堆，其實看深一層，都沒有什麼道理。從事藝術的人，有不少性情人格，卻多非議之處。但世人一句「藝術家脾氣」，就把種種醜惡原諒了。對美的追求，不妨鼓勵；可是說藝術可以養性，卻委實與真相不太相符。

再談養性

所謂「養性」，要養的是什麼？我認為，應該養「善」。把人本身的惡去盡，把善努力發揮，才算得是養性。國人談事情，有很多時候思路不清。一大堆名詞衝口而出，名詞的實在含義，往往不加深究。因此，一談藝術，「真，善，美」之類的概念，就會不加思索的聯在一起了。其實，藝術向來少真，也未必是善。藝術，只是美的追求而已。

而美的追求，是否便可以令人培養善性？

我看未必。追求美，可以用最醜惡、最虛偽的手段，與善不但無關，有時還會與之背道而馳。

避難之門

愈忙的時候，愈想看書。從前對自己這種行為，很不了解，到最近，才開始明白。

原來書對我，是最好的逃避：腦逃避，身逃避，心逃避。

一書在手，探索的是別人的世界，於是，自己的世界，暫時置諸腦後。

腦開始休息，身開始休息，心開始休息。

不是說腦與身心不動。但動的方向，不再環繞着纏身的工作，於是感覺全不一樣。

人鬆弛，心閒氣定，逃出了困我的牢籠。

所以，若沒有書，我便不能活。

可能，此生對我的最大懲罰，是不讓我一卷在手。

可是，我到底幸運，這懲罰至今未來過。

天從未絕我。

想要逃避，書的門就納我進來。

名師與好書

名師難得，好書易求。

遇上名師的機會已少，即使真的有幸碰着，名師是否肯收自己為徒，也是大問題。你資質過人，奈何名師已經無時間教你，而假如你是個天賦不高，悟性不強的，名師有時間，也未必有耐性教你。

書不同，以書為師，易得很。再貴的書，稍為節衣縮食一點，也就可以買來供我作腦袋營養了。而一經購下，什麼時候讀，悉由你便。讀得快，書不反對，看得慢，書不作聲，你隨時呼喚，書隨時服務。

名師，哪會如此對弟子？

學莫便乎近其人，當然，能有名師耳提面命，指點一切。或有高人代通腦竅，最好。不然退而思其次，買本好書來反覆研習，也不太壞。

自修成功的例子，從來古今中外都不少。別人可以自學成功，你也自然可以。即使資質比人低，多用點功夫，就可將勤補拙。

而且名師不免有尊嚴，執弟子禮，想尊師重道，少不免要誠惶誠恐，必恭必敬。

好書一旦為我所擁，就任我為所欲為。紅、黃、藍、黑諸色筆，在書上左畫右畫，從不抱怨，眉批腳註，任我胡來。

而且，高人學者，將生平絕學授徒的時候，往往隨興所之，未必真有系統。所以，往往不如讀他們精心著作的書本。

因此，未得名師，求諸好書，有時反而更便研習。付一本好書的價錢，便可以將中外古今高人思考精髓，吸入吾體，據為己有！

書局與文化

每次去美國，必進書局。

美國出版業蓬勃，書局又大，逛美國書局，幾乎等於進大型圖書館。

近年美國的服務水平急劇下降，可是這遍及全國的歪風，吹不到書局。書店中的服務人員，現在還是和顏悅色，禮貌周周，而且很熟書店貨色，找不到書，一問就馬上給你找出來。

香港洋書店不少，可是寸金尺土，書櫥間幾乎空隙全無，想站着翻一翻再決定買不買也不成，因為十來個顧客，就已經擠得轉身也有困難。

而且港店也較少偏門書，不像美國，真是琳瑯滿目，只愁買書錢不夠，卻永不愁買不到書。

最差勁的是大陸書局。書都放在櫃台後的書櫥，找一本書，必要麻煩服務員。而服務員的態度，比美國最差的還要差。有次到上海買書，因為售價廉宜，所以一買多本。服務小姐火了：「怎麼你要那麼多！」好像買得書多，也是罪過。

此地的左派書局，服務態度卻出奇的好。難怪大陸高幹都說要向香港學習。單是書店服務人員，大陸和香港比，香港起碼三甲，大陸卻連合格也攀不上。

看書局貨色和服務員態度，就隱隱可以看得出一地的文化水平。美國立國雖然不過二百年，但發財立品，文化倒真有一點，香港雖然環境不佳，卻也盡量努力，成績不差。

但大陸，真是差勁，連出售文化的店舖，也一樣如此。

自傳

胡適勸人寫自傳，認為這是保存現代史料的好方法。

我覺得胡先生這看法，大有商榷餘地。

文人一向有文過飾非的惡習。寫一般文字，已經如此。一寫到自傳，就更加不得了。即使有不誇大事實，自吹自擂的，也免不了把不大見得光的歷史，遮瞞掩飾一番。所以史料縱有，也往往與事實不符。

何況，寫自傳，必在事過境遷之後，於是記憶就會有意無意的把事實改變了。

而且，身在此山中，未必能看見山的真面目。得一斑的管窺先生，很容易會把這一小點東西放到像天那麼大。印象派式圖畫，又如何表現出全豹的原貌呢？

所以，自傳文字，至今好的甚少。沒有自大狂的，不寫自傳也罷。因為除了有自慰式的快樂之外，一無是處。

投入生活去

我愛書，只因為我喜歡知識。不過，書絕不是知識唯一的來源。很多沒有讀過什麼書的人，不但知識比我們讀過幾本書的人多，而且智慧、識見也比我們高。

不求知的人，難以進步。但求知，卻不一定要靠書本。

知識的根源，來自生活，書是傳播知識的一條好路。但不是唯一的路。

創辦《東方日報》的馬先生，沒有讀過什麼書。但《東方日報》的成績，全港有目共睹。而馬先生知識之豐，是我朋友之中前三名。

他的豐富知識，完全來自生活。

何賢先生，也沒有讀過什麼書。但世情的練達，待人處事的胸襟之闊，大勝我所認識的任何一位飽讀詩書的人。所以，要求知，如果你不愛讀書，就投入生活去吧。

陪天空吃早餐

洪放兄介紹台灣小學生詩作，看得我大樂，因為的確如洪放所說：「想像力豐富」，有成年人所無的童心。忍不住把詩重抄下來。

第一首是張如鈞小朋友的作品：

早晨的霧，
好像牛奶。
霧裏的太陽，
好像蛋黃。
我陪着天空，
一起吃早餐。

全是生活，但陪天空吃早餐的意象，令人拍案叫絕。

現代思考學大師戴寶腦 Edward De Bono 常說最有創意是兒童。張小弟這首詩，可作此論證明。

兒童天真，而且無邪無俗，從天天的生活裏，看出了詩意與美，真是慧心慧眼，教我這滿心滿身俗氣難耐的人，一接觸到他們就樂。

兒童的世界，直接得很，而且美多醜少。對他們來說，生活每件事都新鮮新奇，大堪玩味。

這種生活態度，其實最宜我們效法。所以，盡一切能力保住一己童心，希望到老仍有兒童的觀點，天天可以陪着天空一起吃早餐。

分別在真情

「雨是雲的淚，風是天空的唏噓，在今天，都鑽進了我心裏！」

那夜，不知如何，寫了這幾句，今天一看，差點把昨夜「福臨門」的蟹肉蛋白炒飯，都要嘔出來了。

這樣幼稚的小學生式文字遊戲堆砌，怎可拿出來見人。

當然，文字工作，不外全是文字遊戲。無論你寫的是什麼，看深一層，都不過是用文字調來調去而已。

但其中，有分別。

分別在真情實感。

上面寫的幾句，我全無真情實感，意象也不高明，因此很不好。

文字功夫，是練出來的，練得好，文字滑溜了，寫出來條清理暢。可是，其中如果沒有真情實感，再順滑也是枉然。等於沒有靈魂的軀殼，是個冷血的美人，怎麼也吸引不到人來親近。

而文字吸引不到人來親近，寫文章的目的便完全失去了。文字是溝通的工具，溝通不成，工具再鋒利，也是無用。

有了真情，文字稍次，也看得下去。因為心中情感，會超越了拙劣的技巧，直射受者之心，大受感動。

謝謝文學

從沒有後悔在校的時候，選文學來念。因為自覺精神領域，讓中外前賢的文學作品，擴闊了許多，令我生命的姿采，增添不少。

現在的我，加數常常加錯，機器紛紛讓我弄壞。化學方程式只記得KIS_2式是二硫碘化鉀。但是我仍很開心，絕不以自己是科學白痴而自卑。

文學教曉了我幻想，令我在沒有發現任何確切科學證據之前，相信有UFO；相信有外星人；相信男女兩情相悅不止於生理需要；相信古人的武功，可以飛簷走壁；相信有人會「六脈神劍」與「凌波微步」的功夫；相信人有命運，相信種善因會有善果，害人必有報應；相信人有靈魂，這世界有鬼……

只見斑點

比我們後半輩的寫作人，似乎有種相同偏愛；他們只喜歡描述一點一滴的東西。

這東西可能是一剎那的感情，也可能是一秒鐘的感覺。更可能只是一個眼神，一句說話……

這偏愛並無不妥，具代表性的一斑，有時不錯是可以令人猜到全豹。但一味只顧一斑，而從不理會全豹，而且蔚然成風，就會令看的人覺得十分乏味。

何況，這從一粒沙見宇宙的功夫，很難煉得好。沒有這種功夫，便去寫粒沙，讀友會悶得呵欠不停。因為對我們這類普通人來說，沙就是沙，微不足道兼不感興趣。你再努力描寫，也是枉然。

太多

一切寫作，其實都是文字遊戲。

把文字串來串去，來表達出意思，就此而已。

只是文字技巧好，而言中無物，充其量，也只是好的文字匠，不能說是好的作家。

好作家，除了文字技巧運用得熟之外，必須有創意，一天到晚在文字中打滾的，永遠不會成為大師。

能當大師，必須有創見才行。

作家而不創作，那是什麼作家？

當然，連文字技巧也把握不了的，只是寫作學徒罷了。

今天寫這篇文字的原因，是覺得香港報刊上，太多寫作學徒作品，太多文字匠作品，而太少有創見的好作品。

因為香港太多文字遊戲，而太少創意，所以，香港少文學。

先求量再求質

與友談及此地作家多而好作品少，友人頗有喟嘆與擔憂。

我卻認為不必憂慮，因為先求量再求質，也不失為可行之道。作家多，自然會產生好的出來。作家少，反而要令人擔心。

香港為什麼作家多？

因為有需求。

有需求，就會有人出來。

而即使初出道的時候，未達最佳水準，寫得多，熟能生巧，也自會進步。

江山代有才人出，來者必會超越前賢。中國文學史上，每代必有寫得好的人，而且後代的，也不乏能和前賢並列者。即使不能真的有大突破超越，卻也至少可以分庭抗禮，各領風騷。

人人都說香港缺乏文化氣息，商業味太重。其實這是過時的看法。現代社會，文化是與商業息息相關的，現代藝術家，都是商業機構贊助的（極權國家，就國家贊助）。商業蓬勃，文化就發達。

香港這十來年，大致來說，工商業都是直線向上的。香港文化，因此也蓬勃了起來。作家也就愈來愈多了。

而有了量，質就易求。

基礎有了，現在是起高樓，建大廈的時候。

且讓作家們都抖出渾身解數來，作個友誼競賽，一起競步，從量裏煉出好的質素來！

讓我們一起，挑戰自己！

我愛香港作家

香港作家，可愛之處甚多。

他們大多數不大喜歡拍馬屁，比郭沫若之流，強得多。

香港作家，膽子絕大，勝巴金多了。

比較起來，香港沒有什麼無理取鬧的作家，而海峽兩岸，卻不乏此輩人物。

香港作家中最嚕嗦的一個，也比神州「報告文學」泰斗簡潔。

文字的生動活潑，香港作家更肯定遙領風騷。連毛主席那麼善於寫文章的人，有時也不夠香港作家那麼活潑。

香港作家，我手寫我口我心的，較多。

辯論不少，筆戰卻不多。

很文明，很斯文，很文。

不文的當然也有，比在下更不文的，多着！

論小說質和量，試問還有誰人能及查良鏞？倪匡？古典的，科幻的，任選！

香港文體，如果有機會在海峽兩岸多發表，一定大受同胞讀友歡迎。

單是生氣勃勃一點，就已經甚具吸引。

我愛香港作家，天天讀香港作家作品。

真是人傑地靈的好地方，中國作家們的天堂，我們這香港！

因此，我愛香港。

沒有香港這可愛地方，孕育不了這一大堆可愛的香港作家。我十分喜愛的好作家，都在香港。

奮發

在香港寫作，如果作家還不努力，實在辜負了上天的眷顧，因為對用中文寫作的中國作家來說，香港不啻是作家天堂。

發表的園地多，言論自由充分，真正可以暢所欲言，完全不受任何權勢壓力，不被任何力量指使，世上使用中文的地方，除香港外，那裏還有這樣的天堂？

所以，愈來愈珍惜我自己這機會。努力而認真地寫，不敢辜負了自己的幸運。

從前，心理上常覺得自己是業餘作家，於是一直以玩票心情看寫作此事，但最近反省，覺得這樣不對，我收專業稿費，哪裏可算業餘？何況，業餘不業餘是自己的事，讀友看你文字，有理由要求專業水平。

心一想通，態度就變，起碼，把脫稿的惡習，一下子改變了。現在報館裏，家家都有我幾天存稿，編輯與字房諸位，皆大歡喜。我自己也樂，因為覺得事事都有了好安排，工作按部就班的分配，絕對不必臨時趕工。

《明報》有獎勵計劃，全年不脫稿，年終有雙糧。我這位《明報》資深作者，從來沒有拿過《明報》的雙糧。

也許，明年就可以拿到了。

因為今年的黃霑，終於開始奮發。

我看報紙副刊

報上寫副刊雜文，其實等於天天和讀友閒談而已。

身為報刊讀者，天天打開報紙副刊，我的習慣是先看幾位自己喜歡的作家，看看今天他們寫些什麼。我也不要求他們談什麼大道理，只要其中有幾句話，說得合我心意，或者觸發我一些觀感，我就覺得極有收穫。

和朋友閒談，平日我們都不會期望友人必有驚人偉論吧？只要大家談得暢快舒服，就覺得開心。

有時，朋友的話，有一兩句教懂我一些道理，觸發我一些感情，我就會色然而喜。不然，閒話家常，也無不可。

雜文作者，不妨在寫作的時候，採取這樣的態度。

我從不要求副刊作者，有什麼文學作品來作我精神食糧。想看不朽文學作品，書多的是，不必求諸報上副刊。

當然，如果作者文字不好，表達能力不強，我不會看。天天綳着面談大道理，我大概也會敬而遠之。有影響到身上的世界大事發生了，我會看看作家們的意見，拿他們的高論來參考一下，印證一下自己的想法。沒有什麼大事的時候，就樂於讀他們隨心意所之的文字。反正就像與友聊天，何必言一定及義。

對！只為了消閒。

消閒，有何不可？消閒，對我來說，十分有價值。二塊港元，就可以殺時一番，抵到爛呢！所以天天樂此不疲。

筆的力量

我現在明白了那些初學搖筆桿的人，為什麼那麼不可一世，沾沾自喜。因為他們誤解了筆的力量。以為「筆能殺人」。

筆不錯能殺人。但殺人的筆，絕不是文人的筆。

無知小兒，以為筆可以殺人，因此一筆在手，馬上權威得很，有看不順眼的，就不問情由，不分皂白亂舞一通。不知道文人的筆，殺不得人。

文人馬君武，當年不知事實，寫了首詩誣捏幾位小姐。但幾十年過後，幾位小姐非但沒有讓馬君武的筆殺死，反而馬君武的人格，永遠存了污點。

文人的筆，殺不死人。

反之，文人因為筆而被人殺死的不少。

初學執筆的人，而迷信筆的力量，此生休矣。想殺人，執筆無用，去學燒槍，和用西瓜刀吧！

文責

文人無論下筆時如何小心，有時也往往難免誤引錯誤資料。

但一旦發現出錯之後，就要公開承認，並設法改正。

錯而不認，不配為人。認了錯，面子不會好過。但不好過，也該認的。這是做人處事，追求真理的應有態度。當自己文字，誤損別人，更應及時澄清，否則怎麼對得起自己的良心。

奇怪的是，文人往往在責人的時候，良心泛濫，但一要責己，良心就突然失蹤了。

或者，人人都如是，不獨文人方會這樣。但文章寫了出來，連文責都不肯自負，這算什麼？而所謂負文責，至少該包括認錯更正在內吧？

騙人文字

很多人有誤解，認為白紙黑字印出來的，必屬事實。其實用文字騙人的事，自從倉頡以來都未嘗少過。所以想從文字資料找出事實來，非先下明辨功夫不可。否則以訛傳訛，死得人多。

執筆為文的人，即使記載事實，也往往只憑片面印象。而這片面印象，一定會以偏概全。在今天文字資料如汗牛充棟的年代，把一切文字，都列為可信，必定害苦自己。

「我思故我在」，是治學前要第一功。不事事存疑，小心求證，學問無法有成。

最近幾年，翻過不少粵劇資料，發覺從前人人奉為圭臬的東西，存在不少問題，拿去請教有關人士，竟一口咬定問題不存在。

如何服眾？

文友們都在垢病香港的即食文化，令我很有點莫名其妙。

他們一方面努力參與即食文化行列，天天在寫報上框框，同時卻擺出一副不屑的神態，彷彿自己完全與之無關似的，真叫我沒有辦法明白。

如果他們真的恥與即食文化為伍，超然其外，我反而可以理解。現在一邊做一邊罵，倒讓文友們弄糊塗了。

如果即食文化真的一如他們所說，絕無可取，為什麼他們參與得那麼積極？

或曰：他們寫的，是傳世經典文學，你們的才是要不得的即食東西！

這我倒看不出。

自問念文學作品，念了數十年，就算自己寫不出傳世之作，眼光倒也練了一點點出來。什麼東西，什麼水準，瞞不過我。

要我說這些東西真的水準奇高，可以爍古耀今，千年萬載，永垂不朽，就算有十師人民解放軍用坦克機槍對着我，我也說不出這違心之論！

既然大家水準都差不多，大家都是即食，為什麼要罵？而且還罵得那麼起勁？難道罵倒權威，就是權威？所以非破口狂叫不可？

奉勸文友，如果對此地文化水準有意見，請努力，寫點水準作品出來，讓我們看看學學，光罵不成。這樣狂罵，服不了眾。

作家你為何寫？

為什麼寫？為什麼寫個不停？是不是心中的感覺，真的非公開不可？
是不是真的認為自己的話，有益世道人心？非寫出來不行？

否則，為什麼寫？

是不是真的值得寫？

不過是個普通的人，你感覺到的，別人也感覺到。那幹嘛要你寫出來？
這樣寫個不停，是不是自大？

還是真的有需要，把人生微不足道的經驗，急不及待的與人分享？讀
者是誰？只是一群知道存在的人，連他們是誰，你都不知道。為什麼
亟亟要和他們分享你的一切感受？

不知道啊不知道。

只知道自己真的想寫。一切都寫，赤裸坦誠的寫出來，對着世界，剖開胸腹，死而後已。

為什麼有這種自剖的需要？是什麼原因，令你這樣？作家，你為什麼寫？為什麼寫個不停？不休不止地將一切化成文字，才開心，才滿意。為什麼會這樣？掏出靈魂，讓世人覽閱。是什麼令你有這需要？有這衝動？

作家啊作家，你是什麼樣的人？是怎麼樣的怪物，要像吐絲的蠶，非把肚中精血，吐盡不快？

是宇宙裏的什麼力量，驅使你寫？

是寂寞難耐？心癢難熬？要你把心中秘密，生命中痕迹，都翻出來展露？

不知道啊不知道。

只知道真的想寫，寫個不停，寫個不休……

「純文學」悶死人

同業艾火說大陸有「純文學危機」。

我看全世界都有這樣的危機，也不只是大陸如此。「諾貝爾文學獎」的名家作品，銷路絕不如前。

在下是念文學的，對文學本來有無可抑制的喜愛，可是這幾年來，碰也不碰純文學的新作品。

這原因其實簡單，作品悶，作家水準低降。像海明威一類大師，死的死，輟筆的輟筆，賸下來的全是二三流角色，作品根本看不進腦。先幾年，有自己未讀過的「諾獎」新得主東西，少不免馬上買來一讀，可是十有九次，讀不終卷，就大嘆吃不消，只好敬而遠之，束諸高閣。

而到這幾年，更連買回來作架上書供奉的興致都沒有了。

老實說，自己也算是讀書頗勤的人了，連艱深至極的中國古書都啃得入肚，但對「純文學」作品，真的怎麼樣都看不進腦，只好碰也不碰，一見「純文學」三字，就敬謝不敏。

因為「純文學」於我，已是沉悶的代名詞。除非甘心被悶壞悶死，否則還是不碰為佳。寧願空下來的時候，抽根煙，喝杯啤酒，也不敢翻那些純文學的新作品。免得花了時間之餘，悶得渾身不自在。

好的作品，引人入勝。《紅樓夢》看完又看，還是興味盎然。金庸作品，每本看幾次，依然手不釋卷，一拿起就放不下。

但純文學新作，用槍指着腦袋也不能完卷。這樣的東西，有讀者是奇蹟。

標準？

對我來說，《三國演義》不如《西遊記》《水滸傳》。因為我次次看，都看得辛苦，至今始終未把《三國》看完。而《西遊》和《水滸》卻看過不知多少遍了。

如果說吳承恩施耐庵大勝羅貫中，那倒不一定。

但以我的標準來說，我的確不太喜歡《三國》。爭權奪利，關了門稱王稱帝，人人都妄想君臨天下的題材，我不感興趣。因此，羅貫中於我，不夠好。起碼他連把我吸引到一口氣看完他著作的力量也沒有。

我們看文字，欣賞與否，有很多時候，未必真的與好壞有關，而是各種感情，糾纏一起，影響了我們的判斷。

像人人力捧的張愛玲，我只覺得她小家小器得無以復加，加上這位女作家，常常把思路都停滯在同一時代，更影響了我的觀感，所以她的作品雖然次次勉強看完，卻從來沒有喜歡過。

以喜歡與否定標準，自不公平。

但捨此之外，也無什麼真正的公平標準。

所以還是看其流行程度來判斷好了。

不過，所謂「流行」，包括影響力。

《三國》與張愛玲，有影響力，所以，喜不喜歡也好，不能不正視其重要。

其實，以文會友，作家都有天涯海角覓知音的潛在意識。而覓得知音，即使數量不多，也就夠了。

一兩個人不喜歡，不必理會。只有我不喜歡？絕對沒有關係，我的標準，算什麼？

心在文中胡老菊

和林燕妮談及胡菊人，說：「老菊愈寫愈精彩！」

燕妮說：「他的心在文章裏！」

真的，他的心全在裏邊，憂國憂民，愛國愛民，全部情懷傾注在文字之內。而且認識精到，說人所未到，說人所不敢，令我每日不看不歡。

我是菊人的長期忠實讀者，雖然不時與他抬槓，但實在欣賞他的文字和他的熱心，也欣賞他的識見。

讀他近年的文字，我對中國，增加了很多認識，對國有了不少新看法。

而我迷他的文字，已有多年。

大家都是青年的時候，他第一次歐遊，在《新生晚報》寫歐洲遊記，把羅馬的噴泉逐個寫。文字之美，為我多年讀遊記之冠。

然後他遨遊美洲，寫了篇描繪尼加拉瓜瀑布的長文，刊在《中國學生周報》頭版的「特寫」裏。

我那時正在當「人之患」教國文，就把全文釘在壁報板上，供同學學習。

後來，他有一段時期，做過些文藝批評的探討，論小說論杜甫，見解都很精采。

近年，他多談國是。

辦《百姓》，經營方面，他負起了很多責任，但絲毫沒有影響到他文字的水準。而辦雜誌是很吃力的事，可是他認為這是他的使命，寧願吃苦，也傾力下去。

這樣的人，我敬重，香港有這樣的作家，是香港的光榮。

周日胡思

能不能有意識流散文？

思想忠實地用文字記錄下來，即使胡思亂想也好。

文字的功用，就是記錄人的行為和思想。

但胡思亂想，有記下來的價值嗎？

不知道。有情緒，有閒暇就試試寫寫看。

完全不經修飾，完成後效果會如何？

記得那次嗎？

我不是在餐巾上試過嗎？

你對。掛念一個人，連見着面的時候都會掛念。

餐巾上的意識流，感動了你呢。

把思想，從實地一個字一個字記下來，全無矯飾，完全坦蕩蕩的毫無遮蔽的抖出來，吐出來，效果會不會動人？

喬休斯試過用在小說裏。

一個星期天下午的胡思亂想，一切掠過腦中的思維，不正是個人生的橫切圖嗎？

血淋淋而坦蕩蕩，腦子裏的全部活動，都呈現你前，自剖的橫切面！

你也不妨試試這方法。

也許會帶來意想不到的效果呢？

實驗即使到頭來未成功，也努力嘗試過。

可能引得出幾個後來人呢？

也許會走出條新路來。

像這周日我的胡思亂想……

詩

現代青年，讀詩者少。
可惜啊可惜！
不讀詩，焉知文字之美？
而且這美，直透心房，直升腦裏，舞動了你的幻想，啟發你的思潮。

獨坐幽篁裏，
彈琴復長嘯。
深林人不知，
明月來相照。

念二十個淺淺的中國字，就心飄到風中竹林，撫琴奏樂，放蕩形骸，高聲嘯叫。

不但四野無人，而且連幽篁中的蛇蟲鼠蟻，全部不會騷擾，且舉首看月賞雲，接受清輝光燦。

焉可不讀詩？

尤其生為中國人的我們！

中國叫詩的，固然是詩。不叫詩，叫曲、叫詞的也莫不是詩。不看唐，有宋、元、明、清和現代的可選。六朝的四六駢賦，其實也是詩。不但音韻鏗鏘，而且意象華麗豐富，像幅七彩繽紛的油畫，又雅又艷。

也許現代生活少詩意，所以青年人連詩也不讀。

可是，我倒認為，正因現代生活無詩，反而更有讀詩的必要。

「天蒼蒼，野茫茫，風吹草低見牛羊。」不用捱蒙古包，就可以心中盡嘗塞外風光。石屎森林，何足困我靈魂？念念有詞，背幾句詩，在最令人心煩氣躁的塞車時刻，我人已飄飛，投進古人詩境裏。

不可失常

如果那天寫稿，是對着稿子苦苦構思的，寫好之後，再看一定諸多不滿。

呆滯悶，不一而足，看得自己生眼瘡。

不像自己平時了。平日的文字習慣，哪是這樣的？愈看愈彆扭加不自在兼不舒服。

反而，一揮而就的，往往愜意多些。

可能還是習慣問題。慣了快，一慢起來，就不舒服。

多年來苦練速度，已經變了賽車手，腳一碰油門就是那種力，萬一被迫拖慢，就氣不順神不屬，恍若兩人，根本不是自己。

不但寫文章如是，寫歌、寫稿、寫廣告，莫不如此。快速度當然有壞處，思想飛馳，自不免會捲起沙石。但寧可快寫之後，再慢慢修，也不喜歡慢寫。推敲是必要的，但寫完再講。

而極多時候，快寫的東西，修改時反而省功夫，抹幾抹塵沙，把粗糙地方撿去，也就見得人了。可是拿着筆對着紙，一本正經，又想這樣又想那樣，半小時推敲還不吐一字的作品，會愈看愈不是味道。

也許一揮而就之所以能夠一揮而就，是料子早已腦中候命，一旦腦門開啟，就自然而然的流射出來，如江河直瀉，阻也阻不了。

而枯坐不得半字的原因，是因為腦中空空，空得刮也刮不走半點油來。

加上習慣了衝刺，一旦改為踱步，就失常態。而人一失常態，就大事不好。

我看創作

創作人不談創作方法，未必因為忙於創作，也許因為自私，想把功夫自秘，也許因為自己覺得方法還未完善，也許他們從不思考創作方法，一味只專注創作，理由多得很。

但公開了創作方法而竟因此以後創作不下去的事，是沒有的。人的創作能力，一方面源於稟賦，另一方面因為後天努力。

我相信，創作能力是愈練愈強的，工多必然藝熟。練的時候，同時不停修正與補充練的方法，這樣就可以一直不停地創作下去，至死方休。

當然，稟賦不會無窮無盡。

有些人，才華只有一丁點兒，又不善補給，於是一陣光芒過後，就趨沉寂。

但善於不停吸收養料，就永遠不會乾涸。源頭活水不停來，是會取之不竭，用之不盡。

年齡與體力，對創作也是障礙。

年紀會令思想頑硬，只抱着自己慣用的一套，接受不了新事物。體力衰退，會令自己創作時所需能量供應不來。創作是需要體力的。做完一個大創作之後，往往有整個人虛脫，疲不能興的感覺。

但這並非不能補救，只要你有方法。

吳靄儀小姐談英國數學名家哈代晚年巨著，旁及創作，對靄儀看法，我有異議，忍不住寫一點點。

如何捕捉靈感

靈感，通常是苦思之後產生出來的，想得愈多，靈感愈充沛。

不過，靈感來時，往往攻人無備，忽然殺到。而一閃即過，過後就全無蹤影。

所以必須及時捕捉。

捕捉靈感的最佳方法，是把這腦中的一閃靈光，馬上用文字記下來。

一旦靈感成為文字記錄，就有了存底，不怕走失忘記。

香港有幾位「偶像級」的風雲人物，隨身永遠有紙筆。

邵逸夫爵士是隨身拍紙簿，一有新意念，馬上記下。

何鴻燊博士是隨身大雞皮紙袋，紙袋上常常密密麻麻的寫上要記下的事情與新意念。

他們有今天成就，和懂得捕捉靈感有絕大關係。一有新意念在腦中閃過，馬上記下來。於是新念頭永冇走雞，不會轉瞬即忘，而創新，是成功要竅。捕捉靈感，正是把握創新意念。

概念保險庫

抽屜裏常常有兩三個活頁本子。那是我的概念保險庫。

創意來時，往往不問場合時刻，而且十居其九，一閃而過，不馬上抄記下來，很易忘掉。

因此每次腦中有這類突如其來的概念閃出，例必寫起。回家後就轉抄在活頁本子上。到閒時與有需要的時候，就拿出來翻。

這多年來養成的習慣，幫我賺過不少銅鈿鈔票，有幾首頗流行過一時的拙作歌曲，與至今仍出版不綴的《不文集》資料，都是本來錄在本子上的東西。

那張「避孕良方」的概念，就是一次和友人談笑間，匆匆悟出抄下，再發展出來的。

腦中雜念多的人，不妨一試這方法，保證有效。

本子裏有很多東西，在翻閱的時候，會覺得不可用。那不要緊，不可用就千萬不要用，但只要一百條紀錄之中，能有一兩條可用，年中計數，必定有賺。

概念存檔，比儲存發表了的作品，有時還更重要。作品發表了，其實作者就不必再翻看。因為一切已成定局，不必再多浪費時間來滋潤討厭的自戀狂。

但未發表過的概念，不妨翻出來檢查一下，很有好處，一方面概念重翻，可免遺失。另一方面，可以及時修飾琢磨，把不成熟的東西，改得完美點，再看看有沒有拿出來面世的價值。

所以概念保險庫，其實是錢箱。

論集體創作

集體創作，是最省時省力的創作方法。

所謂「三個臭皮匠，勝過諸葛亮」，把幾個大臭皮匠的創作人才聚於一室，一起思考，不出一小時，就起碼有幾個好的創意產生出來。

不過，集體創作，有幾點必須注意。

第一，在進行蒐集資料的階段，千萬不能有任何批評。

一有批評，創意就會受阻。

必須讓參加集體創作的每個人，任意發表意見。就算意見驟看起來，愚不可及兼蠢不堪言，也不能批評。這樣才真的會集思廣益。

第二，在最初階段，蒐集意見，只重量而不重質。一味求多，不必求好。

不要忘記，資料愈多，創作好意念出來的機會愈大。

第三，必須鼓勵自由聯想，讓思想在雲端大翻筋斗，東南西北亂跳。這樣才會有出人意表的概念會造出來。

值錢在「修」字

業餘創作與專業創作，分別在「修」的功夫。

經過不停思慮，意念產生。那「我找到了！」的喜悅，簡直是筆墨難描。那情緒，可以令亞基米德成為人類文字記載的第一位裸跑先驅。

意念的產生，經過孕育，陣痛。創作人在面對新生意念的時候，往往有如個喜獲寧馨的母親，又安慰又自豪。

對一般業餘創作人，意念產生了出來，創作階段，便大功告成了。

但對專業創作人來說，那不過是生了孩子而已。生完孩子，還要養育教導，才會使這小生命成為人才。

所以，專業創作人，必會在意念上，加上最花心血的修正功夫。他們往往把自己孩子，當成別人孩子來看待。一切力求客觀，不會把初生嬰兒，視作珍寶。

這功夫，是業餘與專業的最大分野。意念值不值錢，要看「修」字功力。

「修」字最重要

好的創作人，「修」的功夫，一定做得足夠。「僧敲月下門」，比「僧推月下門」，意境高一級。由「推」到「敲」，便是修。

我從不介意有眼光的客戶，修改我寫的廣告稿。改得好的，我還衷心感謝。

苦思得腦痛頭刺，一旦意念面世，我們的反應，通常是喜悅。

就像懷胎十月，肚子裏的小生命慢慢成長，要跑出來，經過了令人難於忍受的陣痛，終於小生命面對世界，媽媽自然歡喜開心慶幸。

但生了出來的孩子，要教要養要導要育，才會成材。

產生了意念，不加「修」的功夫，就是把孩子棄養，讓他自生自滅。

這樣的孩子，能成材是他命好。
專業創作人，不能靠幸運。
要靠「修」功夫，把意念的璞玉變得無懈可擊。

具永恒價值作品

「要想寫出具有永恒價值的東西，總要全力以赴！」海明威說：「縱使你每天實際從事寫作的時間，只不過是數小時而已。」

海明威談的是文學，其實這道理，對任何藝術一樣。

即使天賦奇高，不全力以赴，絕對寫不出不朽作品。

所謂全力以赴，不是說實際拿起工具的時間，而是整個人的態度。藝術家必須熱愛他從事的工作，不工作的時候，也必須不停地想，須臾不離，才會有機會，讓作品流傳後世，不因時間飛逝而減色減值。

《紅樓夢》是曹雪芹瀝血之作，而且一瀝十年，所以到今天，依然動人。因為這位天才，全個生命，全部心意都投進去了。我看曹霑在寫《紅樓夢》的十年裏，一定沒有半秒鐘不去想着如何好好寫成這作品。

不過，要寫出永恒價值的東西，不能一早存着「我這作品會不朽」的心情，一旦有此念頭，熱誠就變成是虛榮的追求了。這樣，作品就會受影響。

要寫出偉大作品，要毫無保留的傾心力進去，不為什麼，只為將作品寫好，這樣到努力夠的時候，傑作自會面世。否則，一定充滿匠氣，不會偉大到哪裏去，信不信由你。

大師與巧匠

大師到了技巧成熟的時候，作品往往流露出最自然的體貌。

這是反璞歸真。直書胸臆，再無阻隔，一切有似渾然天成，正是來去自如的境界。

這境界得來不易，往往終我們一生，也未必到達。

初學創作，必然追求技巧，於是花招迭出。眩人耳目之際，其實正也在自擾心神。左搖右擺的在摸索路向，動作多多而去向不清。

然後，到功力練就，眼明心靜手快，就會化繁為簡，洗淨鉛華，出之若不經意，但卻有自然之極的妙趣。正是不行而至，不動而達。信手拈來就是好。

我們本來生下來就是自然而然的人，可是社會的煩繁擾攘，令我們不知去向，逐漸，與生俱來的靈氣，被塵沾泥染，大失原貌。變得處處彆扭，諸多造作，迷不知返。

到了這時期，如果還不回頭是岸，就會百劫不復，永遠在自設的陷阱裏翻身不得。

高人大師，與中上巧匠的分別，就是這個時期決定的了，巧匠們只能停留在這階段進退維谷，而大師卻會在此時再進力洗塵污，達到樸實真摯，再無矯飾的至高無上境界。

巧匠功夫，大概也學得差不多了的時候，能否再跳升一級，就要看自己可不可以反璞歸真，能者即成大師，不能，就永遠是匠。

藝術這一行

從事藝術，必然要立志當頂尖人物，否則趕快轉行。

藝術是有光華光采，發魅力磁力的行業。你必須燃燒自己，發盡能量，放射出光華魅力，否則你不會享受這行業，不會樂在其中。

即使不能當眾星伴月的月，起碼也要做獨當一面的星，閃閃生輝。

有些行業，不必如此。世上極多行業，只需默默耕耘，自有收穫。也毋須 Excellent，OK 就可以。

藝術不然。光是默默耕耘，OK 是不夠的。你必須超群出眾，出類拔萃，萬人矚目。這是行業的特性。

不適應、不適宜這行業特性，請辭工退隱，執包袱走路。戀棧下去，只會愈來愈不快樂。

藝術行業，最講天分天才天賦。

努力當然必要，但幹藝術這勞什子玩意，光是努力，成就絕不會大。

藝術不是耕田。

人人幹得來的，不會是藝術。藝術是獨當一面，非你不行、無你不成的行業，在這種行業裏，如果不能成家成派，真的不幹也罷。

所以，不幹尤可，一幹起來，必須成為行業頂尖人馬，才會過癮，否則，必然谷氣而亡。因此，與其身亡，不如改行。

天分

沒有天分，努力也是徒然。

這話，在下多年都不願對讀友說，不是不願坦白，而是覺得，天分是一生下來便定了，有與沒有，不由自己控制。因此面對大家——尤其是剛剛開始人生歷程的年輕人，只好鼓勵鼓吹努力。

可是愈來愈發現，鼓勵努力，也有壞處。因為會令人徒費精力。事倍功半，還有那五折收穫；有時，根本是徒勞無功，所獲絕對與零相等。因此，只好實話實說，免得青年再走冤枉路。

發覺自己努力也徒勞無功的時候，不妨停下來問問自己：我實在是不是對這事有天賦，有才華？

一旦肯定天分真的不夠，就要立即放棄，否則半世蹉跎，自討苦吃。

有興趣，不等於有天分。有興趣，不妨做欣賞者或鑒賞家。我們喜歡看畫、看書，不一定必要當畫家作家。欣賞好作品的樂趣，有時也極有滿足感，不必一定從事實際工作，才可以享受到這份愉快。

藝術工作，尤其如是。

這世界，本來是「天生我才必有用」的，但這用，不一定在藝術工作。沒有藝術天分，千萬不要從事藝術工作，否則一生痛苦，努力得精疲力倦，仍然沒有成績，怎麼會不痛苦？

與其痛苦一生，倒不如及早回頭。

何況，這世界，也不需要那麼多藝術家。

繼續尋路去

創作的路是寂寞的。這話不少人都時常掛在嘴邊，顯見大家都有此感受。可是，為什麼創作的路寂寞如斯？

好的創作，必然是創新的東西。既然新，就少往迹可尋。結果都是經自己試驗出來的東西，別人根本從沒有做過。孤身上路，獨自探索，而前路不知，怎不寂寞？

箇中甘苦，難對人說。

作家字字推敲，音樂家聲聲研究，問誰去？只能求諸於己而已。何況有時，欲學也無從學起，前賢作品，未必便可以為自己指出路向，學得太多，也會墮入前人窠臼，根本不合創新突破之道。

創作的根源，有時往往只是心中感覺。這感覺或強或弱，但再強，也不過虛無縹渺。而思想化成文字，化成旋律、圖畫、建築、電影之後，鑑定的標準，其實也只是得失自知，難與人言。

不過，創作而成功，心中的喜悅，卻也是自得其樂，滿足得很。即使別人不知，也會喜不自勝。

因此，雖然寂寞，卻也有人甘之如飴。一拍胸膛，便飄然上路。終其一生，尋尋覓覓，不懼冷冷清清，不覺悽悽慘慘，只是間有戚戚而已。而每次戚戚，也不長久。不一會，就給創新生命的喜悅驅掉趕跑蓋過。

而且，必定終生不悔，管它衣帶漸寬漸緊！

寂寞既是必須，就寂寞好了。還是繼續探索探尋我道。

《筆·文·霑》

作　　者：黃霑
責任編輯：周詩韵、梁韻廷
協　　力：潘瑩露、葉舒珮
封面設計：郭泳霖
出　　版：明窗出版社
發　　行：明報出版社有限公司
香港柴灣嘉業街 18 號
明報工業中心 A 座 15 樓
電　　話：2595 3215
傳　　真：2898 2646
網　　址：http://books.mingpao.com/
電子郵箱：mpp@mingpao.com
版　　次：二〇二二年七月初版
二〇二三年一月第二版
I S B N：978-988-8688-67-8
承　　印：美雅印刷製本有限公司